Chère Lectrice,

En ce début d'année ... pour des espoirs les plus fous, je vous réserve un programme plein de gaieté et d'optimisme.

Le premier roman (n° 1653) commence dans le bureau de Kyle qui, un soir de Saint-Sylvestre, y retient Sarah, son assistante, pour boucler un dossier urgent. Comment, se demande la jeune femme, dérider ce *Patron trop sérieux* ?

Sérieuse, Jessica, neuf ans, l'est assurément quand elle passe dans un journal une annonce destinée à trouver une épouse à son papa, et... une maman pour elle ! Ces personnages attachants réussiront-ils à former une *Famille inséparable* (n° 1654) ?

Pour Adam, vivre en famille n'est pas une priorité. Et ce n'est sûrement pas Maureen, une nouvelle collaboratrice embauchée par son père, désireux de voir son *Héritier amoureux* (n° 1655), qui lui donnera envie de s'établir : dès le premier coup d'œil, la jeune femme l'exaspère !

Anna, quant à elle, a eu le temps de penser à Sam, son amour de jeunesse, pendant les sept ans qu'a duré leur séparation, qu'elle a stupidement provoquée. Un beau jour, Sam revient sur son île natale. Peut-il vraiment y avoir *Une seconde chance pour Anna* (n° 1656) ?

Enfin, le pack 3 pour 2 disponible ce mois-ci vous permettra, en plus des titres Horizon inédits, *Une leçon de séduction* (n° 1657) et *Un cadeau pour deux* (n° 1658), de découvrir *Une aventurière au manoir*, un roman de la collection Azur. Profitez donc de cette offre exceptionnelle, pour bien commencer l'an 2000 !

Bonne lecture et très heureuse année,

La Responsable de collection

ATTENTION

Programme Horizon de janvier exceptionnel !

4 titres **inédits** (nᵒˢ 1653 à 1656)

+

2 titres inédits (nᵒˢ 1657 et 1658)
rassemblés dans un **coffret spécial**
avec en cadeau **1 roman GRATUIT**
de la collection AZUR.

Pour **36,60 FF*** seulement
(le prix de 2 romans Horizon),
vous pouvez profiter
d'un troisième livre gratuit !

3 POUR LE PRIX DE 2

Une seconde chance pour Anna

DAY LECLAIRE

Une seconde chance pour Anna

COLLECTION HORIZON

Cet ouvrage a été publié en langue anglaise
sous le titre :
SHOTGUN BRIDEGROOM

Traduction française de
CHRISTINE THIRION

HARLEQUIN®
est une marque déposée du Groupe Harlequin
et Horizon® est une marque déposée d'Harlequin S.A.

Prologue

En dépit de sept années d'absence, le souvenir de Sam Beaumont hantait encore l'esprit des habitants de l'île Delacorte. Jour après jour, tel un ouragan dangereusement suspendu au large des côtes, il menaçait de déferler sur le littoral. Personne ne doutait de voir un beau matin débarquer du ferry son imposante Harley Davidson. Tous savaient qu'ils assisteraient à son retour triomphal dans la ville de Beaumont, ainsi baptisée, un siècle auparavant, par ses ancêtres pirates.

Aussi, lorsque par une magnifique journée de juillet, il fit son apparition sur l'île et exigea de rencontrer les trois hommes responsables de son exil, chacun se résolut à l'inéluctable.

L'archipel de la Caroline-du-Nord subissait régulièrement des cyclones d'une violence effroyable. A la moindre alerte, tous se préparaient à affronter la tourmente, fermant hermétiquement les ouvertures des maisons, amarrant tout ce que les rafales de vent risquaient de détruire ou d'emporter sur leur passage. Mais la tempête annoncée par le retour de Sam était d'une autre nature.

— Ce qu'il veut, c'est notre ruine, déclara Jeffrey Pike, le maire de la petite ville. Rolly, nous n'aurions jamais dû le chasser sous la menace de notre fusil.

7

Le shérif Rawling émit un grognement en signe de protestation.

— Personne ne l'empêchait de revenir.

— Exact ! approuva le troisième membre du groupe. D'ailleurs, qui oserait s'opposer à la volonté d'un Beaumont ?

— Certainement pas toi, Ben ! De tous les habitants de cette île, tu es sans doute le plus conciliant. Toujours bon, toujours prêt à tendre la main.

— Une main que Beaumont n'a jamais acceptée, observa l'intéressé.

— Il s'est toujours conduit en rustre, en sauvage...

— Avec les hommes, glissa le maire. Mais pas avec nos femmes, malheureusement !

— C'est bien le problème, approuva Ben. Et Anna figurait en tête sur la liste de ses prochaines conquêtes. Nous étions obligés d'intervenir.

Rolly acquiesça d'un signe de tête.

— Absolument. Nous n'avions pas le choix. Elle nous a appelés au secours. Chasser cet individu de l'île était la moindre des choses. D'ailleurs, il n'a pas eu à s'en plaindre. Depuis son départ, il s'est fait un nom dans le monde des affaires. Aujourd'hui, c'est un homme riche. A tout bien considérer, nous lui avons rendu service.

Le maire leva sur lui un regard dubitatif.

— Ce que tu dis est vrai, Rolly. Mais je doute qu'il ait fait le voyage pour venir nous remercier.

— Que nous veut-il alors ? soupira Ben Drake avec lassitude. Le passé est le passé...

L'irruption de Sam Beaumont dans le bureau du maire mit un point final à la discussion. Les années l'avaient transformé d'une façon qui n'avait rien de rassurant pour les trois compères. Il paraissait plus grand, plus imposant.

A la force naturelle qui émanait autrefois de son physique de jeune homme, s'ajoutaient aujourd'hui une virilité et une détermination qui leur imposèrent immédiatement le respect.

— Messieurs! s'exclama-t-il en jetant négligemment son blouson de cuir sur un dossier de chaise. Comme c'est étrange de se revoir après tout ce temps!

— Tu es venu passer quelques jours sur l'île? demanda Ben pour engager la conversation.

Le visage de Sam se fendit du sourire ravageur qui avait charmé tant de femmes autrefois.

— Pour être honnête, je n'ai pas encore décidé de la durée de mon séjour.

Le shérif était impatient d'entrer dans le vif du sujet.

— Pourquoi as-tu souhaité nous voir tous les trois? Est-ce au sujet de cette fameuse nuit?

Le douloureux souvenir assombrit ses traits.

— Oui, c'est au sujet de cette fameuse nuit.

Le maire se balança doucement sur sa chaise. Le bois émit un grincement sinistre.

— Voyons, mon garçon...

Une fraction de seconde suffit à Sam pour traverser la pièce. Il plaqua les deux mains sur le bureau de son interlocuteur et se pencha au-dessus de lui d'un air menaçant.

— Mon nom est Sam. Ou Beaumont, si vous préférez! Ne m'appelez plus « mon garçon », monsieur le maire! Plus jamais! Est-ce clair?

Pike lui présenta la paume de la main en signe d'apaisement.

— Entendu, Sam! Pas de problème! Je ne voulais pas t'offenser.

— Bien, approuva-t-il en se redressant. Très bien. Alors maintenant, venons-en au fait!

— Qu'attends-tu de nous? demanda Rolly.

— Quelques éclaircissements, pas davantage. Je ne suis pas venu ici pour faire éclater un scandale. Ce serait pourtant facile. Je possède la clé de certains mystères dont la révélation pourrait vous coûter cher.

— A quoi fais-tu allusion?

— A des informations qui pourrait bien dissuader vos concitoyens de vous réélire aux prochaines élections.

— Tu n'oserais pas!

Sam haussa les épaules avec nonchalance.

— Ne vous affolez pas trop vite! Si vous acceptez de répondre à la question qui me torture depuis tant d'années, je ne révélerai pas à Mme Cross l'identité du chauffard qui l'a envoyée à l'hôpital pour de si longs mois. Il est tout de même curieux que vous n'ayez pas déniché le coupable. Un de vos amis, sans doute?

Un silence pesant s'abattit sur le petit groupe. Satisfait de l'effet produit par ses paroles, Sam porta le regard sur Ben.

— Et la kleptomanie de votre petite Laura? Par quel miracle la justice s'en est-elle à ce point désintéressée?

Le pauvre homme faillit s'étrangler. Sam Beaumont avait-il l'intention de soulever ainsi tous les lièvres qui hantaient la conscience des habitants de l'île?

Le shérif commençait à s'impatienter.

— Vas-tu nous dire enfin ce que tu veux?

— La façon dont vous m'avez chassé d'ici n'était pas très élégante, vous en conviendrez. Mais vos motifs étaient nobles et je vous ai depuis longtemps pardonné. Ce que je n'ai jamais accepté, c'est ce qui s'est passé ensuite.

— Que s'est-il passé ensuite? s'enquit Ben, que cette allusion semblait plonger dans un soudain embarras. Je... je ne comprends pas...

10

— Non content de m'imposer un exil que je ne méritais pas, l'un de vous trois, j'ignore lequel, m'a poursuivi et roué de coups.

Un éclair glacial traversa le regard de Sam.

— Je nourris envers cet homme une rancœur plutôt vive. Je pense que vous le comprendrez...

Rawling fut le premier à revenir de sa surprise.

— Aucun de nous n'a jamais porté la main sur toi ! affirma-t-il avec conviction. Nous t'avons obligé à monter dans le ferry, c'est tout.

Les deux autres approuvèrent en silence.

— Alors comment expliquez-vous que je me sois retrouvé à l'hôpital le lendemain matin ? J'étais couvert d'ecchymoses.

— Comment peux-tu accuser l'un de nous ?

— Vous seuls étiez déterminés à me voir partir. Je ne parle pas d'Anna. Elle ne m'aurait pas maltraité de la sorte. Ce n'est pas son genre.

— Sûrement pas ! s'écria Ben. Alors, tu es venu te venger de celui qui t'a frappé ?

— Pas seulement...

Sam reprit tranquillement sa veste et la jeta sur son épaule.

— Je suis revenu pour Anna. Et cette fois, je ne laisserai personne s'interposer entre elle et moi. Si l'un de vous s'avisait de se mêler de cette histoire, il aurait affaire à moi...

Il s'éloigna en direction de la sortie.

— Ai-je été suffisamment clair ? lança-t-il en se retournant une dernière fois.

Sans attendre de réponse, il franchit le seuil de la porte et claqua violemment le battant derrière lui.

Rolly jura entre ses dents.

— Qu'allons-nous faire maintenant ?

— Est-ce toi le coupable ? demanda Pike. Tu as toujours détesté les Beaumont. L'as-tu poursuivi pour le passer à tabac ?

— Non ! Oh, ce n'est certainement pas l'envie qui m'en manquait ! Mais je n'y suis pour rien.

Ben se leva précipitamment de sa chaise.

— Vous n'allez pas m'accuser, n'est-ce pas ?

Le shérif secoua lentement la tête.

— Messieurs, je vous en prie, cette discussion ne nous mène nulle part. Il essaie visiblement de semer la zizanie entre nous. Ne rentrons pas dans son jeu ! Nous savons pertinemment pourquoi il est revenu.

— Il est revenu pour se venger de nous, fit Ben. Et aussi pour détruire à jamais la réputation d'Anna.

Rolly soupira.

— Il n'y a pas une minute à perdre. Nous devons décider dès maintenant de notre ligne de conduite. Allons-nous lui céder Anna ou la sauver une nouvelle fois de ses griffes ?

— Tu as raison, approuva Pike. Sur cette île, sa réputation est ce qu'une personne a de plus cher. Jadis, on appartenait soit à la race des pirates, soit à la communauté des personnes respectables.

— Les Beaumont ont toujours appartenu à la première catégorie, glissa Rolly.

Ben approuva d'un signe de tête.

— Et les Delacorte ont toujours été respectables, ajouta-t-il. Nous devons tout mettre en œuvre pour préserver la réputation de la dernière Delacorte !

Le maire partageait sans réserve l'opinion de ses deux amis.

— N'oublions pas qu'elle compte parmi les personnalités importantes de la ville ! renchérit-il. Elle a en charge l'éducation de nos enfants. L'honneur de notre institutrice ne peut être souillé !

12

— Nous n'avons pas le choix, conclut le shérif. Dommage que la vieillesse nous gagne aussi vite ! Cela devient un peu fatigant de jouer aux Trois Mousquetaires à notre âge !

— Alors, c'est décidé ? demanda Jeffrey Pike. Un pour tous ?

— Et tous pour un ! s'exclamèrent en chœur les deux autres.

1.

Anna Delacorte poussait nonchalamment son chariot presque vide entre les rayons du supermarché. Pour un mercredi matin, la foule était plutôt dense dans le magasin. Des petits groupes se formaient çà et là et les commérages allaient bon train. A sa grande joie, la jeune femme éveillait sur son passage une curiosité inhabituelle. Aurait-elle enfin réussi à intriguer ses concitoyens? Cesseraient-ils bientôt de lui renvoyer l'image inaltérable de la créature innocente et irréprochable qu'ils voyaient en elle depuis tant d'années?

Elle était lasse de jouer toujours le même rôle, lasse de porter seule sur ses frêles épaules le nom de la famille Delacorte. Lorsque tous ces gens apprendraient la vérité, ils la considéreraient tout autrement. Pour les préparer à cette terrible révélation, elle avait décidé d'apporter à son apparence une première touche de fantaisie. A contre-cœur, la coiffeuse avait finalement accepté de teindre en violet une de ses épaisses mèches blondes. De quoi donner matière aux ragots que susciterait la vérité lorsqu'elle éclaterait au grand jour. « Voilà qui explique tout! Je lui trouvais un comportement bien étrange pour une Delacorte. Songez donc à son père! La préserver du scandale pendant plus de vingt ans!.. »

Un petit groupe de femmes bavardaient devant l'étal de légumes. L'air de rien, Anna s'approcha et fit mine de s'intéresser à une savante pyramide de fruits exotiques. Non qu'elle voulût se montrer indiscrète ! Son rang lui interdisait de tels écarts de conduite. Son rang... si seulement elles savaient !

— Il est de retour ! murmurait Rosie Hinkle. Bertie l'a vu sortir de la mairie et le shérif a confirmé ses dires.

— Non ! Après toutes ces années ! Tout de même, il ne manque pas de toupet ! Mais... vous en êtes sûre ?

Anna aurait donné cher pour en savoir un peu plus.

— Absolument certaine ! Mon fils n'a pas l'habitude de raconter n'importe quoi.

— Eh bien ! Si je m'attendais à cela !

La jeune femme s'approcha d'un pas et feignit de s'étirer pour attraper un ananas.

— Mais que veut-il au juste ? Pourquoi est-il revenu ?

La mère de Bertie regarda à gauche puis à droite avant de se décider à livrer ce qui semblait revêtir l'importance d'un véritable secret d'Etat.

— Vous me jurez de ne le répéter à personne ?

Toutes ses compagnes hochèrent la tête dans un ensemble parfait.

— Bertie le tient du shérif qui l'a entendu de la bouche de qui vous savez...

Elle ponctua sa phrase d'un bruyant soupir pour donner plus de poids à sa révélation. Toujours étirée dans une position plus qu'inconfortable, Anna sentait de terribles crampes gagner ses mollets et son avant-bras.

— Sam Beaumont est venu pour se venger. Il a dit à Rolly, à Ben et au maire lui-même qu'il allait faire payer à notre petite Anna le prix de sa trahison. Vous imaginez ? Détruire la réputation d'une Delacorte !

Soudain, le fruit qu'Anna tenait dans les mains lui

échappa, et quelques regards médusés convergèrent en même temps dans sa direction.

— Oh, Anna ! soupira Rosie, j'ignorais que tu étais là...

Affectant une parfaite indifférence, la jeune femme poussa tranquillement son chariot.

— Ne vous inquiétez pas pour moi ! fit-elle d'un ton nonchalant.

Puis elle s'éloigna avec dignité, espérant s'échapper au plus vite du supermarché. Hélas, Ben Drake, le riche propriétaire du magasin, l'attendait à la caisse...

— Anna, il faut que je te parle ! déclara-t-il d'une voix pleine de sollicitude.

— Inutile ! Je sais déjà ce que tu vas me dire. Sam Beaumont est de retour. L'île est en ébullition et je me demande bien pourquoi. Ce n'est tout de même pas un bandit de grand chemin ! En tout cas, il ne me fait pas peur !

— Accorde-moi un instant, insista Ben. Viens dans mon bureau ! Il y a bien des choses que tu ignores.

Parler de Sam en privé avec lui ? Le sujet était bien trop personnel. L'indifférence qu'elle affichait n'était qu'une façade. Dès l'instant où elle avait entendu prononcer le nom de Sam, une excitation mêlée d'angoisse avait commencé à bouillonner dans ses veines et elle n'avait qu'une hâte : rentrer chez elle et s'enfermer dans sa chambre pour tenter de reprendre le contrôle de ses émotions.

— Je suis pressée, Ben. Tante Martha m'attend à la maison.

— Anna !

Elle lui adressa un signe de la main, sortit du magasin sans se retourner et enfourcha sa moto. La jupe soigneusement repliée autour des jambes, le casque sur la tête, elle démarra sur les chapeaux de roues et quitta prestement le parking.

16

L'enfant terrible, comme on l'avait surnommé depuis sa plus tendre enfance, était de retour ! Quelle nouvelle ! Et quel bouleversement dans l'existence paisible des habitants de l'archipel ! Nul doute qu'il chercherait à prendre sa revanche sur ceux qui l'avaient si injustement chassé de son île natale ! Et Anna portait une grande part de responsabilité dans cette regrettable mésaventure.

Elle roulait à vive allure, au mépris de toute prudence, et ses longues mèches blondes virevoltaient follement autour de son casque. En quittant la petite ville, elle croisa Bertie, le fils de Rosie Hinkle, qui était son beau-frère et également l'adjoint du shérif. Il aurait pu maintes fois dresser à Anna des procès-verbaux pour excès de vitesse, mais jamais il n'avait osé. Un modeste représentant de la loi ne pouvait se permettre d'importuner une Delacorte...

La jeune femme engagea sa moto sur un sentier poussiéreux et, slalomant avec une adresse remarquable entre les nombreaux pots de fleurs qui jonchaient les abords de la maison de sa tante, elle se fraya un chemin jusqu'à la porte d'entrée.

— Il est de retour ! cria-t-elle en s'engouffrant précipitamment dans le salon. La nouvelle s'est répandue dans toute la ville.

Hors d'haleine, elle fit irruption dans la cuisine.

— Et tu sais ce que raconte cette commère de Rosie ?

— Parlons d'abord de ma moto, si tu veux bien !

Anna se figea dans l'encadrement de la porte. Sam l'avait précédée dans la demeure de sa tante.

— Je suis flatté de voir que tu as hérité de ma première Harley, fit-il en se balançant doucement sur sa chaise. Mais la prochaine fois que tes protecteurs me chasseront de l'île, j'exigerai d'emporter ma moto avec moi !

✱✱

Anna déglutit avec difficulté. Le visiteur était vêtu de noir de la tête aux pieds. Son tricot, son jean moulant et ses bottes ne correspondaient guère aux habitudes vestimentaires de l'île Delacorte. Un loup dans une bergerie...

En une fraction de seconde, elle comprit combien il lui avait manqué. Incapable de faire bonne contenance, elle jeta des coups d'œil embarrassés autour d'elle.

— Où est tante Martha ?

— Dans sa chambre, elle téléphone.

Les pieds de la chaise heurtèrent bruyamment le sol et Sam se leva.

— Pourrais-je savoir ce que fait ici une demoiselle Delacorte ? demanda-t-il. Cette maison appartient aux Beaumont, au cas où tu l'aurais oublié...

— Martha ne t'a encore rien dit ? fit Anna avec une feinte désinvolture. Je vis ici, maintenant.

Les yeux verts de Sam se rétrécirent soudain.

— Depuis quand ?

— Je suis venue m'installer peu après ton départ. Elle avait besoin d'un peu de compagnie, et moi je voulais déménager...

Il réfléchit un instant.

— Tu veux dire que ton père a accepté que tu t'installes en terre ennemie ?

— Ne sois pas ridicule ! Il ne considérait pas tous les Beaumont comme ses ennemis.

— Moi, oui.

Cette observation fut suivie d'un silence pénible.

— Tu ne m'as toujours pas répondu, reprit-il après un temps. Que fais-tu ici ?

Anna savait qu'elle ne pourrait éluder sa question. Lorsque Sam voulait quelque chose, il l'obtenait toujours.

18

— Je te l'ai dit. J'habite avec Martha. Quant à mon père... Eh bien, je ne lui ai pas demandé son avis.

— La petite fille sage aurait-elle défié l'autorité de son cher père ? J'ai du mal à le croire.

Ainsi, il avait gardé d'elle l'image d'une gamine docile, incapable de s'opposer à la volonté paternelle ?

— Tu peux croire ce que tu veux, cela m'est égal. Le fait est que je vis ici et que j'ai bien l'intention d'y rester !

A son grand soulagement, il n'essaya pas de la contredire.

— Et la demeure familiale des Delacorte ? Qu'est-elle devenue ?

— Pansy et Bertie y ont élu domicile. Ils se sont mariés peu après la mort de mon père.

— Et la villa sur la plage que ta grand-mère t'avait donnée ? Pourquoi ne t'y es-tu pas installée au lieu d'imposer ta présence à Martha ?

Anna respira longuement en s'efforçant de garder son calme. Combien de temps devrait-elle encore subir cet interrogatoire ?

— Je n'impose pas ma présence à qui que ce soit. Quant à la villa, je l'ai vendue.

Pour une raison mystérieuse, cette révélation parut le contrarier.

— Pas possible ! Tu aurais vendu un bien appartenant aux Delacorte ? Quelle drôle d'idée !

— Ecoute, Sam, coupa-t-elle, excédée. Je n'ai aucun compte à te rendre.

Il ne prêta pas attention à sa remarque.

— Et après cette transaction saugrenue, tu es venue habiter chez ma tante ?

— Ce n'est pas *ta* tante ! D'ailleurs, ne t'en déplaise, votre lien de parenté est des plus éloignés...

Elle avait touché là un point sensible.

— Martha m'a élevé depuis ma plus tendre enfance. Nous sommes très proches. Elle n'appartient qu'à moi!

— Tu l'as perdue le jour où tu es parti.

— Parti?

Il éclata d'un rire cynique.

— Mais je ne suis pas parti, Anna. J'ai été chassé d'ici comme un malpropre. L'aurais-tu oublié?

Elle dut faire appel à toute sa volonté pour ne pas prendre ses jambes à son cou et se soustraire aussi vite que possible à l'interrogatoire auquel Sam la soumettait sans pitié.

— Je n'ai rien oublié.

— Moi non plus.

Sans qu'elle ait eu le temps de prévenir son geste, il passa un bras autour de sa taille et l'attira contre lui.

— Eh bien, Anna, quand vas-tu te décider à me souhaiter la bienvenue?

Contre son torse puissant, elle se sentit soudain toute frêle. Figée, elle improvisa quelques paroles maladroites.

— Euh... En dehors de Martha et de moi-même, je doute que les habitants de l'île te réservent un accueil très chaleureux...

— Montre-moi ce que tu sais faire! Les autres, je m'en moque éperdument!

Sans attendre, il prit furieusement possession de ses lèvres et, dans un tourbillon de plaisir et de sensations retrouvées, sept longues années d'absence s'envolèrent comme par enchantement. Tantôt brûlant, tantôt timide, le baiser de Sam la submergea d'un bonheur qu'elle croyait perdu à jamais. Aux souvenirs douloureux, succéda la perception d'une réalité enivrante, chaque caresse faisant renaître en elle des rêves à demi oubliés, tandis que les regrets dont son départ l'avait accablée sombraient peu à peu dans un oubli apaisant.

20

Dans les bras de cet homme, Anna était capable de tout oublier. Mais devait-elle une fois encore risquer de se perdre dans une relation à l'issue incertaine ? Elle prit soudain conscience du danger que représentait pour elle le retour inattendu de Sam. A l'image des ouragans qui détruisaient inlassablement l'île où elle avait vu le jour, il déferlait brusquement dans sa vie, menaçant de tout balayer sur son passage.

Semblable à un papillon craignant de se brûler les ailes à une source de lumière trop vive, elle se débattit pour se dégager de la chaleur tentatrice et dangereuse de son étreinte.

— De quel droit débarques-tu ainsi dans la vie des gens, persuadé que tout t'appartient ?

— Tu es à moi, Anna. A moi et à moi seul !

— Comment oses-tu l'affirmer ? Toi qui ne m'as jamais rien apporté de bon !

Il haussa les sourcils d'un air à la fois surpris et moqueur.

— Tu ne disais pas cela il y a seulement un instant. Que penseraient nos chers concitoyens s'ils savaient avec quel enthousiasme tu réponds à mes baisers ?

Elle croisa tranquillement les deux bras autour de sa poitrine.

— Personne ne le croirait. Je jouis ici, Dieu sait pourquoi, de la réputation d'une sainte. D'ailleurs, personne n'ignore que nous avons rompu depuis bien longtemps.

— Tu as une bien fâcheuse tendance à réécrire l'histoire. Je n'ai jamais souhaité mettre fin à notre relation. Ce sont les cironstances qui m'ont contraint à le faire.

— Et depuis sept ans, tu n'as jamais donné de tes nouvelles. Pas un signe de vie, pas une seule lettre à Martha.

As-tu songé à l'enfer que vit cette pauvre femme depuis le jour de ton départ?

— Je ne suis pas responsable de cette situation. Si tu avais tenu tes promesses, jamais je n'aurais été chassé de cette île. Tu m'avais dit que tu m'aimais. Tu m'avais juré de partir avec moi le jour de tes dix-huit ans et de m'épouser. Mais tu as renié ta parole en préférant tout détruire.

— Sam, je t'en prie...

Chacun de ses mots ravivait des blessures que le temps n'avait jamais refermées.

— Qu'y a-t-il, Anna? La vérité est-elle trop dure à entendre encore aujourd'hui? C'est moi qui ai subi les conséquences de tes actes, je te le rappelle!

— Je ne voulais pas...

Il la coupa d'un geste brutal de la main.

— N'est-ce pas toi qui as fait appel aux notables de cette ville pour te débarrasser de moi? Que pouvais-je faire face aux trois fusils qu'ils pointaient sur moi pour m'obliger à partir?

— Des fusils?

Anna ouvrait de grands yeux incrédules. Jamais personne ne lui avait relaté les circonstances odieuses de son départ.

— Ils m'ont attaché, m'ont conduit jusqu'au port dans la jeep du shérif et m'ont balancé sur le pont du ferry comme un vulgaire paquet.

— Je suis désolée, je...

— Désolée? C'est tout ce que tu trouves à dire?

Elle réprimait avec peine les larmes qui perlaient à ses paupières.

— Je... j'avais changé d'avis et je n'osais pas te l'avouer. J'ai été lâche, je l'avoue. Est-ce là ce que tu veux entendre?

— C'est un début...

— Que vas-tu encore exiger de moi ? Une confession écrite ?

Les pas de Martha résonnèrent dans l'escalier.

— Mes chers enfants, vous n'êtes pas déjà en train de vous chamailler, n'est-ce pas ?

L'arrivée de la vieille dame procura à Anna un vif soulagement. A peine âgée de soixante ans, elle en paraissait bien davantage. Une enfance difficile et un effroyable accident de voiture survenu dans sa trentième année avaient marqué son visage de façon irréversible. Pourtant, le peu de bonheur que lui avait procuré l'existence ne lui avait jamais ôté son sens de l'humour. Elle avait un cœur d'or et sa légendaire bonté faisait d'elle l'une des personnalités les plus appréciées de l'île.

— Quelle joie de retrouver notre Sam ! C'est une excellente surprise, n'est-ce pas, Anna ?

— Excellente, oui...

Elle ne mentait pas. Sept ans d'une longue séparation n'avaient en rien altéré les sentiments qu'elle éprouvait envers lui.

— J'espère que tu vas t'installer chez nous, reprit Martha de sa voix chaleureuse.

Elle se rapprochait de la table en boitillant, lourdement appuyée sur la canne que la jeune femme lui avait offerte pour son anniversaire. C'était un objet magnifique, au pommeau sculpté en forme d'oiseau de paradis. Plein d'attention, Sam lui présenta une chaise.

— Avec plaisir, tante Martha. Mais je tiens aussi à aller voir ma vieille maison. Elle a sans doute besoin de quelques réparations.

— Les ouragans lui ont fait subir des dégâts importants, glissa Anna.

La vieille dame approuva d'un signe de tête.

— Heureusement que tu en as pris soin, ma chérie. Sam, sais-tu le mal qu'elle s'est donné pour continuer à l'entretenir ?

Il leva un regard étonné sur Anna.

— J'étais certaine que tu reviendrais un jour, expliqua-t-elle avec embarras. Et puis, étant donné les circonstances de ton départ, je te devais bien cela...

— Tu veux dire que tu as trouvé là un moyen d'apaiser ta conscience ?

Martha claqua la langue d'un air sévère.

— Sam, ce ne sont pas des choses à dire. Si tu veux te faire accepter sur l'île, il te faudra surveiller ton langage.

— Il en est incapable, observa Anna. D'ailleurs, il se moque éperdument de l'opinion d'autrui !

— Comme tu me connais bien ! s'exclama-t-il avec un sourire amusé.

— Les Beaumont ont toujours agi à leur guise, sans se soucier du qu'en-dira-t-on.

— Tu as raison. Je dois même avouer que j'éprouve un certain plaisir à faire naître les ragots. Ici, les gens ont tendance à s'ennuyer. Je compte sur toi, Anna, pour m'aider à leur procurer un peu de distraction.

— Ah oui ? Et comment cela ? s'étonna-t-elle avec méfiance.

— Viens avec moi visiter ma maison ! Nul doute que nos retrouvailles feront jaser tout le village !

Anna n'hésita pas un instant. Elle avait hâte de lui montrer le soin qu'elle avait apporté à la demeure de ses ancêtres.

— Ta moto ou la mienne ? demanda-t-elle non sans humour.

— Cela ne fait guère de différence. Tu sembles avoir une réelle propension à t'approprier mes biens. Ma tante, ma maison, ma moto... Je me demande bien pourquoi !

— C'est une question intéressante, observa Martha, un éclair malicieux dans le regard. A ta place, je m'interrogerais sur la signification d'un telle attitude.

— Je n'y manquerai pas, c'est promis.

Puis, se tournant vers la jeune femme, il ajouta :

— Tu viens, Anna ?

— Me promets-tu de te comporter en gentleman ? Ou dois-je demander à Martha de nous accompagner ?

Il haussa les épaules avec nonchalance.

— A toi de décider !

La vieille dame jugea bon d'intervenir.

— Sam, rappelle-toi les conseils que je te donnais autrefois ! Il est inutile d'user des méthodes d'un pirate pour parvenir à ses fins. La patience est toujours la meilleure conseillère.

Muette, Anna assistait sans comprendre à cet échange plutôt énigmatique...

— Message reçu, tante Martha ! s'exclama-t-il avec un clin d'œil complice. Je sais quel est ton vœu le plus cher. Je ferai tout pour qu'il se réalise.

— Je compte sur toi, Sam. Surtout, ne me déçois pas !

2.

Sam guidait sa Harley dans la forêt touffue qui séparait la maison de Martha de la demeure ancestrale des Beaumont. Les bras enroulés autour de ses hanches, la tête reposant sur le haut de son dos, Anna avait l'impression de revivre les moments inoubliables du passé. Le frottement régulier de son corps contre le sien éveillait chez le jeune homme des émotions d'une étrange sensualité. En arrivant près de la plage, il se demanda comment elle accueillerait son effronterie, s'il garait son engin pour l'obliger à descendre et à rouler avec lui sur le sable chaud des dunes.

Le repousserait-elle violemment? Répondrait-elle avec fougue à la passion de son étreinte? Se remémorant les paroles de Martha, il préféra ne rien brusquer. De retour sur l'île depuis quelques heures seulement, il n'allait pas risquer de tout gâcher en cédant à de folles impulsions.

La maison qu'il avait héritée de ses parents était exposée à l'ouest, comme l'ensemble des terres des Beaumont. Arrivés les premiers dans la région, ses ancêtres avaient élu domicile dans les endroits les plus abrités du littoral, laissant aux Delacorte la côte ventée et exposée aux caprices de l'océan. La bâtisse de style colonial donnait sur un bras de mer aux eaux plutôt paisibles, séparant la grande et la petite terre.

C'était un site paradisiaque, jouissant d'une vue imprenable sur l'ensemble de l'archipel. Le grand-père de Sam avait érigé des digues devant la propriété.

C'était là que, bien des années auparavant, déjouant la surveillance de son père, Anna venait rejoindre Sam pour contempler avec lui les reflets rougeoyants de somptueux couchers de soleil.

— Je suis désolée pour la pelouse, fit-elle en mettant pied à terre. Je voulais la faire tondre et je n'en ai pas trouvé le temps.

— Ne sois pas désolée, je t'en prie ! Tu n'es pas responsable des mauvaises herbes qui envahissent mon jardin.

Elle eut un haussement d'épaules.

— En ton absence, j'ai pensé que l'entretien de cette maison me revenait. Ma famille a toujours mis un point d'honneur à sauver de la ruine toutes les habitations abandonnées de l'île.

— Ta famille ! Il n'en reste pas grand-chose aujourd'hui ! Depuis le mariage de tes sœurs, tu es la seule à porter encore le nom des Delacorte. Une espèce en voie de disparition...

Anna releva fièrement la tête. Elle n'aimait pas que l'on fît allusion en ces termes à la noble lignée qui avait régné sur l'archipel pendant tant d'années.

— Une espèce en voie de disparition, répéta-t-elle d'un ton amer. Tu aimes remuer le couteau dans la plaie, n'est-ce pas ?

— Ce n'est pas ma faute si tes ascendants n'ont pas été fichus de mettre au monde des héritiers plus nombreux. Les Beaumont ont toujours été prolifiques et fiers de l'être. J'ai des oncles et des tantes aux quatre coins du monde. Pas plus tard que la semaine dernière, j'ai découvert l'existence d'un cousin au Costa Rica. Il dirige la plus importante plantation de café du pays et possède une immense fortune.

Lasse de ces bavardages inutiles, Anna s'approcha résolument de la porte d'entrée.

— Et si nous jetions un coup d'œil à l'intérieur ? Martha va finir par s'inquiéter de notre absence.

— Nous venons tout juste d'arriver. Comme tu es impatiente !

Il s'absorba un instant dans la contemplation de la vieille façade battue par les vents et une vague de souvenirs déferla dans sa mémoire. Indifférente à l'émotion qu'il éprouvait à retrouver la demeure de ses parents, Anna entra.

— Il te faudra réparer la plupart des huisseries. Le bois a énormément travaillé pendant toutes ces années. L'eau et l'électricité sont coupées. Tu devras les faire remettre en service. Il y a des travaux plus importants à réaliser. Mais, bien sûr, cela dépendra de la durée de ton séjour...

Sur ce point, Sam n'avait pas envie de se prononcer. Depuis son arrivée, Anna ne cessait de s'interroger sur ses intentions. Nourrissait-il le projet de s'installer définitivement sur l'île ? Ou bien ne s'attarderait-il que quelques jours, le temps de régler ses comptes avec les responsables de son exil ? Le jeune homme l'ignorait lui-même. Il préféra éluder la question.

— Tu as fait du bon travail ! observa-t-il en plissant les yeux pour adapter son regard à la pénombre du hall. Tout à l'air propre, comme si la maison était encore habitée.

— Je suis venue chaque semaine faire un peu de ménage.

28

— Ta présence ici doit beaucoup intriguer le voisinage et susciter pas mal de commentaires...

— Je me moque de ce que pensent les gens. Je ne fais rien de mal.

— Nous avons passé du bon temps ici. Est-ce pour cela que tu reviens si souvent ?

Sans prêter attention à ses paroles, Anna se dirigea vers l'escalier.

— Montons au grenier ! Tu pourras constater les dégâts causés par les tempêtes sur la toiture.

Joignant le geste à la parole, elle le précéda sur les premières marches. Subjugué par le balancement gracieux de ses hanches et par les longues mèches blondes qui descendaient en cascade jusqu'à sa taille, Sam la suivit avec empressement. Sa robe de coton uni ressemblait à celles qu'elle portait autrefois. Rien, dans son apparence, ne cherchait à attirer le regard mais la simplicité de sa mise le charmait mille fois plus que les artifices inutiles tant appréciés des citadines de son entourage.

Après le deuxième étage, la cage d'escalier devenait plus étroite. Dans le grenier régnait une chaleur étouffante. Anna se hâta vers la fenêtre pour laisser pénétrer l'air frais de l'océan à l'intérieur de la pièce mansardée.

— C'est ici que le toit a été abîmé, expliqua-t-elle en lui montrant du doigt une réparation de fortune. Comme tu peux le voir, la menuiserie n'est pas mon fort. Tout est à reprendre. Il est aussi urgent de traiter les poutres et de chasser les termites. Je suis arrivée non sans mal à faire fuir les chauves-souris et les écureuils. Si tu avais vu dans quel état de délabrement ils avaient mis cette pièce !

— Je m'en doute, fit Sam dans un sourire de gratitude. Tu as vraiment bien travaillé. Je ne sais comment te remercier...

— En réalité, tu as vu le plus gros des dommages provoqués par le dernier ouragan. Il y a eu aussi une petite inondation au rez-de-chaussée. Je me suis contentée d'enlever les tapis détériorés. Le parquet a dû sécher, depuis le temps.

Puis, s'essuyant le front du revers de la main, elle constata :

— Il fait au moins quarante degrés ici. Nous ferions mieux de descendre.

Au deuxième étage, Anna marqua une pause.

— Il faut aussi que je te montre la chambre d'amis.

Elle pénétra dans une petite pièce située directement en dessous de la partie dégradée de la toiture. La peinture était écaillée et des lambeaux de plâtre pendaient du plafond.

— Ce n'est pas grand-chose, observa-t-elle. Quelques heures de travail, tout au plus. Mais mieux vaut s'en occuper sans tarder !

Sam la regardait aller et venir, amusé d'être traité en visiteur dans sa propre maison. Comme poussée par la force de l'habitude, elle avança jusqu'à la fenêtre et en ouvrit les deux battants.

— J'ai toujours adoré la vue que l'on a de cet endroit, fit-elle en aspirant une longue bouffée d'air.

— Nous avons passé de nombreuses heures dans cette pièce, glissa-t-il avec nostalgie. Des moments merveilleux. Et si ton père n'avait pas manifesté autant d'hostilité à mon égard, tu aurais pu vivre ici jusqu'à la fin de tes jours.

— Il m'interdisait formellement de te rendre visite.

— Je sais, soupira Sam qui n'avait rien oublié de l'entêtement du vieil homme. Chaque nouveau rendez-vous se transformait en une véritable partie de cache-cache. Te rappelles-tu le jour où...

Un violent coup de vent s'abattit sur la pièce, et la porte de la chambre se referma dans un bruit assourdissant.

— Le temps se gâte, observa Anna. Il serait plus prudent de rentrer chez Martha.

Mais lorsqu'elle voulut rouvrir la porte, le battant refusa de pivoter sur ses gonds. Elle agrippa le pommeau de porcelaine avec force et tenta une nouvelle fois de le faire tourner. En vain.

— Mon Dieu! s'exclama-t-elle soudain. Je n'aurais pas dû...

— Que se passe-t-il? questionna Sam en s'approchant.

— Je crois que je l'ai cassée.

La tête arrondie de la poignée et un court morceau de tige métallique lui étaient restés dans les doigts. Sam s'en empara et réfléchit un instant. Avec d'infinies précautions, il parviendrait peut-être à réintroduire la tige dans son logement sans faire tomber la poignée fixée de l'autre côté de la porte.

Il s'accroupit devant le battant et commença à glisser délicatement l'objet dans la serrure. Malheureusement, après quelques secondes, un bruit étouffé résonna dans le couloir.

— Qu'y a-t-il? s'enquit Anna, les sourcils froncés.

— Le mécanisme est cassé. La poignée extérieure est tombée.

— Tu ne peux pas le réparer?

— Non, c'est impossible.

— Il y a sûrement un moyen...

Sam secoua négativement la tête.

— A moins de se transformer en lilliputien pour se faufiler à travers la serrure, je ne vois aucune solution.

Anna commençait à céder à la panique.

— Alors, il faut défoncer la porte! déclara-t-elle sans hésitation.

— Je veux bien, approuva Sam. Mais à condition qu'elle soit mangée par les termites. Ce bois est solide comme le roc.

Il testa à plusieurs reprises le battant avec son épaule. La porte résista.

— Je n'y arriverai jamais, déclara-t-il enfin.

— Mais qu'allons-nous devenir ?

— Il n'y a pas lieu de s'affoler. Nous ne risquons rien, ici. Quelqu'un finira bien par venir à notre secours...

Le mobilier de la chambre comportait en tout et pour tout un lit et une chaise. Sam choisit de s'installer sur le plus confortable. Anna arpentait la pièce d'un pas nerveux. A deux reprises, elle se pencha pour regarder par le trou de la serrure, cherchant désespérément un moyen de sortir. Comprenant enfin l'absurdité de son comportement, elle se résolut à s'asseoir.

— Combien de temps allons-nous rester prisonniers ? murmura-t-elle comme en se parlant à elle-même.

— Tout dépend de tante Martha. Mais si mes souvenirs sont bons, elle n'est pas d'une nature très anxieuse. Cela devrait nous laisser largement le temps de partager ce grand lit...

Ces paroles n'étaient pas faites pour la rassurer. Incapable de rester immobile, elle se leva et essaya une nouvelle fois de pousser sur la porte.

— Calme-toi, Anna ! Je plaisantais. Et si nous profitions du temps que nous avons à attendre pour bavarder un peu ?

Tenterait-il encore de la culpabiliser sur les circonstances de son départ ?

— De quoi veux-tu parler ? demanda-t-elle avec appréhension.

— Donne-moi un peu des nouvelles de tes sœurs et de tes amis ! Tu m'as dit que Pansy et Bertie s'étaient mariés ?

Rassurée, elle cessa de s'agiter et retourna sur sa chaise.

— Oui. Bertie a épousé ma sœur l'année de la mort de papa.

— C'est-à-dire peu après mon départ. Avait-elle terminé ses études secondaires ?

— Tout juste. La cérémonie a eu lieu le jour de son dix-huitième anniversaire.

L'espace d'un instant, Sam crut percevoir un léger tremblement sur ses lèvres. Songeait-elle au vide de sa propre existence ?

— Ils ont un petit garçon, reprit-elle après un temps. Un bambin délicieux que je compterai bientôt parmi mes élèves. Il est parfois un peu turbulent. Pansy y voit, bien entendu, l'héritage de son père. Elle est enceinte d'un deuxième enfant.

— Et Trish ?

— Elle vit à Raleigh avec son mari. Ils se sont rencontrés à l'Université. Elle a décidé de faire carrière dans l'enseignement, comme moi. Et elle attend un bébé pour la fin de l'année.

— J'ai donc devant moi la dernière représentante de la lignée Delacorte...

— Pansy et Trish sont aussi des Delacorte, rétorqua-t-elle sèchement. Et elles le resteront jusqu'à la fin de leurs jours.

— Leurs enfants ne porteront pas le nom de votre illustre famille.

— Les miens non plus.

Craignant que la discussion ne prît un tour un peu trop personnel, elle bondit de nouveau sur ses pieds.

— Il doit bien exister un moyen de sortir d'ici ! Nous n'allons pas nous morfondre entre ces quatre murs jusqu'à demain matin !

33

— Tu as donc si peur de devoir passer la nuit en ma compagnie?

— Je préférerais la passer tranquillement dans mon lit.

Elle s'approcha de la fenêtre.

— Y a-t-il quelqu'un à l'horizon? demanda Sam.

— Non. Mais je crois avoir trouvé une solution.

Devinant ses intentions, il franchit d'un bond la distance qui les séparait.

— Eloigne-toi de cette fenêtre, Anna!

— Ne t'inquiète pas! Autrefois, je grimpais aux arbres avec l'agilité d'un singe.

— Tu as fait aussi quelques chutes mémorables. Les branches hautes de ce chêne ne supporteraient pas le poids d'un étourneau!

Elle se pencha pour en saisir une entre ses mains.

— Elles sont assez souples pour ne pas se briser...

Et, ignorant ses conseils de prudence, elle commença à enjamber le chambranle.

— Descends de là immédiatement! ordonna-t-il en l'attrapant par la taille.

— Lâche-moi, je t'en prie!

— As-tu vraiment envie de te casser une jambe?

— Si tu me laisses descendre, je pourrai monter t'ouvrir la porte.

— Il n'en est pas question!

Refusant de lui obéir, elle se débattait comme un beau diable entre ses bras.

— Ceci est ridicule! Je ne vais pas rester ainsi suspendue pendant des heures!

— Cela ne tient qu'à toi. Reviens dans la chambre et calme-toi!

Mais Anna ne voulait rien entendre. Elle secoua la tête pour débarrasser ses yeux des mèches de cheveux qui brouillaient sa vue et s'accrocha aux branches avec une détermination redoublée.

— Sam Beaumont ! Pour la dernière fois, laisse-moi descendre ! Tu n'as pas le droit de me retenir prisonnière. Si tu ne me lâches pas immédiatement, je te jure de raconter au shérif que tu m'as séquestrée !

— Arrête de crier, cela ne sert à rien !

— Tu as peut-être raison sur ce point, mais en tout cas cela me soulage énormément.

— Sois raisonnable ! Tu te comportes comme une gamine de dix ans. Si tu continues ainsi, tes mains vont être écorchées jusqu'au sang...

— Hum... Sam ?

— Et tes doigts seront farcis d'échardes...

— Sam ! murmura-t-elle dans un appel désespéré.

Il comprit, mais trop tard, ce qu'elle essayait de lui dire. Des cris indignés s'élevaient du jardin. Bientôt, la porte d'entrée se referma bruyamment sur les trois visiteurs. Vue d'en bas, la scène avait dû leur paraître des plus compromettantes. Le spectacle d'Anna se débattant pour tenter d'échapper au jeune homme n'avait sans doute pas manqué de faire travailler leur imagination. Et ce premier faux pas de Sam Beaumont n'était pas pour leur déplaire.

Une fraction de seconde plus tard, des pas résonnèrent dans l'escalier.

— Je crois que tu peux me lâcher maintenant, fit Anna en reposant les deux jambes à l'intérieur de la pièce.

— Tu as raison, nous allons sortir sains et saufs de notre piège.

— A ta place, je me méfierais. Ils n'avaient pas l'air particulièrement bien disposés à ton égard.

Une rafale de coups violents s'abattit sur la porte.

— Ouvrez immédiatement ! C'est un ordre.

La voix du shérif n'augurait en effet rien de bon.

— A l'impossible, nul n'est tenu, répondit Sam avec son habituelle nonchalance.

Un moment de perplexité fit taire les visiteurs.

— Où est passée la poignée de la porte? s'étonna soudain Ben.

— Beaumont, je t'avertis pour la dernière fois, reprit le shérif d'un ton menaçant. Ou bien tu libères tout de suite notre petite Anna ou bien je t'arrête pour... pour...

Comme il semblait hésiter sur le motif de son arrestation, Sam vint immédiatement à son secours.

— Pour avoir osé embrasser une demoiselle Delacorte?

— Bravo! soupira la jeune femme. Tu prends vraiment plaisir à compliquer la situation!

— C'est pourtant bien la vérité!

— Pas tout à fait. Tu ne m'as pas embrassée ici.

— Tu as raison. Rappelle-moi de rectifier ce point! A tous les coups, ils vont me soupçonner de t'avoir déshonorée. Inutile d'ajouter le mensonge à une accusation aussi grave!

— Vous entendez? hurla Rolly dans le couloir. Il l'a déshonorée! Je vais régler son compte à ce vaurien une bonne fois pour toutes!

Il chargea sa carabine et plaqua la crosse contre son épaule.

— Ouvrez-moi cette porte, et gardez vos distances! ordonna-t-il à ses deux compagnons. Un accident est si vite arrivé...

3.

Anna ouvrit des yeux emplis d'effroi.

— Un accident ? Shérif Rawling, vous n'avez tout de même pas l'intention de tirer sur Sam ?

Préférant ne pas parier sur le manque de détermination du représentant de la loi, le jeune homme la saisit par la taille et l'écarta prudemment de la porte.

— Voyons, shérif, soyez raisonnable ! cria-t-il à travers le battant.

— Raisonnable ? La punition que je vais t'infliger est tout à fait raisonnable, mon garçon ! Vous êtes d'accord avec moi, n'est-ce pas, les gars ?

Ben, lui, ne l'entendait pas de cette oreille.

— Rolly, réfléchis un peu ! Tu n'as pas le droit de tirer ainsi sur les gens.

— Et tu pourrais blesser notre chère Anna, renchérit une troisième voix.

— Le maire a raison, approuva Sam. Quelqu'un pourrait faire les frais d'une balle perdue.

Rolly éclata d'un rire mauvais.

— J'y compte bien, mon garçon !

— Monsieur le maire, glissa Anna en tentant vainement de se libérer de la poigne de Sam. Monsieur le maire, c'est bien vous ?

— Oui, Anna, je suis là! répondit-il, hors d'haleine. Raconte-moi un peu ce qui s'est passé!

— Ouvrez la porte, je vous en supplie! Elle s'est refermée et nous sommes restés prisonniers.

— Anna? glissa Ben d'un ton soucieux. Nous allons tous les deux essayer de remettre les poignées, chacun de notre côté. Si cela ne marche pas, je devrai retourner chez moi pour récupérer des outils. Cela risque de prendre un certain temps...

— Prenez tout votre temps! ne put s'empêcher d'ironiser Sam. En ce qui me concerne, je ne suis pas du tout pressé de sortir.

— Anna, tu es sûre que tout va bien?

— Tout va très bien, s'empressa-t-elle d'affirmer. Ne vous inquiétez pas!

— Vous pouvez compter sur moi! insista Sam. Je trouverai un moyen agréable de tromper l'attente.

— Vas-tu te taire! ordonna-t-elle entre ses dents. Plutôt que de les laisser imaginer Dieu sait quoi! Tu ne les trouves pas suffisamment énervés comme cela? Que cherches-tu, au juste?

Il la considéra d'un air amusé.

— Tu ne devines pas? Ces trois hommes m'ont jadis chassé d'ici comme si j'étais le pire des malfrats. Aujourd'hui, ils sont de nouveau après moi. Mais cette fois, c'est moi qui ai l'avantage...

— Cet avantage, c'est moi, n'est-ce pas?

Les visiteurs commençaient à s'impatienter.

— Anna, tu es toujours là?

— Oui, Ben...

— Et la poignée? Tu l'as trouvée?

— Je la cherche, Ben, je la cherche...

Puis, baissant la voix :

— Maintenant, Sam, lâche-moi, s'il te plaît! Et

essayons de partir avant que quelque chose de grave ne se produise !

Les traits du jeune homme s'assombrirent.

— Le mal a été fait il y a sept ans, Anna. Rien ne pourra jamais le réparer. A moins que...

Sans prévenir, il l'attira tout contre lui et scella sa bouche d'un baiser impérieux. Anna songea qu'elle devait protester. Mais, comme mue par une force totalement extérieure à sa volonté, elle lui abandonna fiévreusement ses lèvres. Pendant sept ans, le souvenir de ses étreintes avait jour et nuit hanté son esprit. Il lui semblait aujourd'hui qu'une vie entière ne suffirait pas à rattraper le temps perdu...

Des coups furieux frappés sur le battant de la porte les ramenèrent brutalement à la réalité.

— Anna ! Vas-tu nous dire enfin ce qui se passe ?

Sam caressait tendrement son visage.

— Laisse-moi, maintenant, murmura-t-elle à contre-cœur. Nos visiteurs s'impatientent.

— Qu'ils aillent au diable ! Nous ne les avons pas invités.

— Je t'en prie ! Le shérif est hors de lui...

Résigné, il accepta de la laisser partir. Puis il s'agenouilla sur le sol, ramassa la poignée et la lui tendit.

— Je l'ai trouvée ! annonça Anna à l'intention de Ben, en espérant que l'épaisseur du bois dissimulerait l'émotion contenue dans sa voix.

— Eh bien, ce n'est pas trop tôt ! Approche-toi et enfonce doucement la tige dans la serrure !

— Il n'est pas question qu'elle s'approche de la porte ! décréta Sam avec autorité. Pas avant que vous ayez lâché votre arme, shérif !

— Je ne ferai aucun mal à Anna, mon garçon ! C'est toi qui m'intéresses !

La jeune femme prit le parti de son compagnon.

— Si vous voulez que je sorte d'ici, promettez-moi de ne faire aucun mal à Sam ! Pas de bagarre, pas d'arrestation, et surtout pas de coups de feu !

Le shérif poussa un long soupir.

— Entendu, Anna ! Je pose mon fusil. Tu peux regarder par le trou de la serrure si tu ne me crois pas...

Après s'être assurée de la véracité de ses paroles, elle glissa avec d'infinies précautions la poignée à l'intérieur de son logement. De l'autre côté, Ben fit de même. Quelques secondes plus tard, elle sentit le pommeau de porcelaine pivoter entre ses doigts.

Le shérif fit irruption le premier dans la chambre, suivi de près par ses deux acolytes.

— Anna, tu vas bien ? s'enquit Ben avec sollicitude.

Elle le rassura d'un large sourire.

— Parfaitement bien, ne t'inquiète pas !

Le regard suspicieux du maire passa du lit à la robe de la jeune femme dont il trouva l'étoffe anormalement froissée. Après une œillade pleine de sous-entendus à l'intention des deux autres, il ordonna à Anna de sortir.

— Laisse-nous un moment, tu veux bien ? Nous avons quelques mots à dire à Beaumont en particulier.

— Nous pourrions trouver un autre endroit pour discuter, observa tranquillement Sam.

Anna vint aussitôt à son secours. Plutôt mourir que de le laisser entre les mains de ces trois compères assoiffés de vengeance !

— Je suis arrivée ici avec Sam, et je repartirai avec lui !

Pour donner plus de poids à sa déclaration, elle traversa la pièce, s'installa sur la chaise et croisa les bras avec détermination.

— Messieurs, reprit le jeune homme sans se départir

de son calme. Nous ferions beaucoup mieux de quitter cet endroit...

— Pour te laisser la possibilité de t'enfuir sur ta moto ? Tu nous prends vraiment pour des imbéciles.

— Non, je voulais simplement...

Le brusque claquement de la porte ne lui laissa pas le temps d'achever sa phrase. Et tous entendirent le bruit désormais familier des deux pommeaux de porcelaine qui retombaient sur le sol.

— C'est précisément de ce danger dont j'essayais de vous prévenir, expliqua Sam d'un ton toujours égal.

— Bravo ! s'écria Anna, excédée. Nous étions deux prisonniers, nous voilà cinq maintenant ! Vous avez apporté un jeu de cartes, j'espère !

— Nous ne resterons pas enfermés très longtemps, assura le shérif. Bertie ne tardera pas à s'inquiéter de mon absence.

— Joignez-le par radio ! suggéra-t-elle.

— Bonne idée !

Il tapota en vain la poche intérieure de sa veste.

— Elle est restée dans la voiture, confessa-t-il d'un air penaud.

Sam ne put réprimer un éclat de rire. Il y avait quelque chose de burlesque dans cette accumulation d'incidents. Malheureusement, il était bien le seul à apprécier le comique de la situation. Anna était à bout de nerfs.

— Si vous nous aviez écoutés au lieu de vouloir jouer les redresseurs de torts !

— Je te demande pardon, bredouilla Ben, honteux. C'est que... le lit était un peu en désordre et puis... et puis ta robe...

— Je vois. Eh bien, puisque aucun de vous quatre n'est fichu de trouver une solution, je m'en charge !

Cette fois, Sam n'eut pas le temps de l'arrêter. Sans

crier gare, elle enjamba le chambranle de la fenêtre et, au mépris de toute prudence, se jeta dans les branches du chêne.

— Tu n'es pas raisonnable ! grondait Martha en imbibant d'alcool un petit morceau de coton. Tu aurais pu te blesser très grièvement.

Anna réprima une grimace de douleur.

— Ce n'est rien, répondit-elle. Tout au plus quelques égratignures.

— Ces branches étaient trop minces pour supporter ton poids. Tu aurais dû t'en douter...

— Je l'avais avertie, glissa Sam en venant s'asseoir auprès d'elles.

La jeune femme commençait à regretter son acte de bravoure. Au lieu de lui rapporter des louanges, il ne lui valait que des reproches.

— Il n'y avait pas d'autre solution. Si je n'avais pas grimpé dans l'arbre...

— Si tu n'étais pas tombée de l'arbre, rectifia Sam.

— ... vous seriez encore tous à vous insulter et à vous battre dans cette pièce.

Martha reboucha le flacon d'alcool.

— Que faisiez-vous au juste tous les deux dans cette chambre ?

Sam éclata de rire.

— La question à mille francs ! Je l'attendais ! A ton avis, que pourraient bien faire deux jeunes gens après sept longues années de séparation ?

— Absolument rien de mal ! s'indigna Anna. Et tu le sais aussi bien que moi. Ne l'écoute pas, tante Martha ! Il a un sens inné de la provocation. J'étais seulement en train de lui montrer les dégâts causés au plafond par le

42

dernier ouragan. Un courant d'air a refermé la porte et la poignée s'est cassée.

— Disons qu'il s'agit là de la version officielle ! glissa Sam en lui adressant un clin d'œil plein de sous-entendus. N'est-ce pas, ma chérie ?

— Si tu continues à raconter n'importe quoi, les gens vont finir par te croire. Il ne s'est rien passé entre nous. Nous sommes restés prisonniers très peu de temps avant que Ben, le shérif et le maire n'arrivent pour nous libérer.

— Tels les Trois Mousquetaires volant au secours de la pauvre orpheline ! ironisa-t-il.

— Tu ne crois pas si bien dire, glissa Martha d'un air amusé. Les Trois Mousquetaires, c'est ainsi qu'ils se sont surnommés.

— Tu plaisantes ? fit Anna en ouvrant de grands yeux. Ils ont passé l'âge de ces gamineries...

— Tous les habitants de l'île sont au courant. Oh, bien sûr, nous nous efforçons à la discrétion ! Pour ne pas les mettre dans l'embarras. Mais quand on les entend crier en chœur : « Tous pour un, et un pour tous ! », il n'est pas difficile de deviner à quoi ils jouent.

— Mais que font-ils exactement ?

— A vrai dire, ils se mêlent un peu de tout, y compris de ce qui ne les regarde pas. Ils agissent au nom de l'honneur et du respect de la loi.

La jeune femme plissa le front.

— Tu m'intrigues, tante Martha. A ton avis, que faisaient-ils aux abords de la propriété de Sam ? Ils n'ont guère l'habitude de traîner par là...

— Sans doute se sont-ils mis en tête de garder un œil sur vous deux !

La bonne humeur de Sam s'estompa aussitôt.

— Je vais aller leur dire deux mots ! déclara-t-il avec véhémence. Je n'ai pas envie de les trouver continuellement sur mon chemin.

— Je ne vois pas pourquoi tu t'emportes ainsi ! Ils voulaient nous rendre service, c'est tout.

— Tu veux dire qu'ils ont essayé de se débarrasser de moi ! Le prétexte était tout trouvé.

— Le shérif Rawling était très énervé. Mais le maire et Ben se sont montrés plutôt compréhensifs.

— S'ils n'avaient pas fait tant d'histoires, la porte ne se serait pas refermée une deuxième fois.

— Que les hommes peuvent être stupides ! soupira Martha. Enfin, tout est bien qui finit bien ! Vous êtes tous sains et saufs. A présent, que diriez-vous d'une bonne tasse de thé pour vous remettre de vos émotions ?

Avec d'infinies précautions, Sam se glissa dans la maison de Martha. Minuit venait de sonner et les deux femmes s'étaient sans doute endormies. Lui-même aurait gagné son lit depuis longtemps si la curiosité ne l'avait pas poussé à retourner au village après le dîner. L'arrivée surprise des Trois Mousquetaires dans sa propre demeure n'avait cessé de l'intriguer. Désireux d'en avoir le cœur net, il les avait rejoints dans le café où ils passaient ensemble la plupart de leurs soirées pour tenter de les faire parler.

Revenus de leurs émotions, les trois compères accueillirent sa visite avec calme et se montrèrent plutôt affables. Mais, lorsqu'il les interrogea sur les raisons de leur présence dans sa maison, il se heurta à un mur de silence. Comprenant qu'il ne servirait à rien d'insister, il avait rebroussé chemin. Après tout, rien ne pressait. Tôt ou tard, il trouverait un moyen de se venger...

Sans bruit, il gravit les marches qui conduisaient à l'étage, et, comme autrefois, il se glissa dans la chambre à coucher située au fond du couloir. Il laissa tomber son

T-shirt et son jean sur le sol, s'allongea avec soulagement sur le grand lit et goûta au bonheur immense d'être enfin de retour au pays.

L'île Delacorte avait quelque chose d'unique et d'irremplaçable. Ce petit morceau de terre était le seul endroit au monde où Sam se sentait véritablement chez lui. Il aimait l'océan menaçant qui battait son littoral, ses plages qui s'étendaient à perte de vue, l'air aux senteurs marines qui lui remplissait les poumons et l'humidité tropicale qui collait les vêtements à la peau.

Ces derniers mois, l'idée de revenir s'installer dans le berceau de son enfance s'était peu à peu imposée à son esprit. Il était las de Wall Street et de la vie citadine. Las du stress incessant et des journées de travail harassantes. Il n'avait plus rien à prouver dans le monde de la finance. Il en connaissait les règles, les travers et la futilité. Son avenir était assuré. En quelques années, il avait gagné suffisamment d'argent pour subvenir à ses besoins jusqu'à la fin de ses jours.

L'île lui avait manqué bien plus qu'il n'avait voulu l'admettre. Et subitement, une certitude s'empara de lui. Il ne partirait pas. Et, cette fois, rien ni personne ne parviendrait à le chasser d'ici. Il était chez lui, et il entendait y rester. Dès le lendemain matin, il téléphonerait à son associée pour lui confirmer son intention de lui céder ses parts du cabinet. Diana ne verrait pas son départ d'un très bon œil, mais elle aurait tôt fait de lui trouver un remplaçant. Les agents de change en quête d'affaires juteuses étaient légion à New York.

Sa décision prise, il abaissa les paupières et roula au milieu du lit. Alors seulement, il découvrit qu'il n'était pas seul. Roulée en boule dans une position étrange, une forme humaine reposait à son côté. Dans un gémissement à peine perceptible, la silhouette remua avant de sombrer de nouveau dans un sommeil profond. Ainsi, non contente de s'approprier sa tante, sa maison et sa moto, Anna n'avait-elle pas hésité à investir jusqu'à son propre lit !

Pendant quelques instants, Sam songea à se lever pour aller s'installer dans la chambre d'amis. Puis il se ravisa. Il était ici chez lui, dans une demeure appartenant aux Beaumont depuis la nuit des temps et il ne voyait aucune raison de céder un pouce de terrain à une demoiselle Delacorte ! Aussi, loin de battre en retraite, il enlaça le corps brûlant de la jeune femme et s'endormit comme un enfant.

Ce matin-là, Anna s'extirpa avec difficulté des brumes du sommeil, en proie à une sensation curieuse et inhabituelle. La position du soleil dans le ciel indiquait une heure tardive. Il faisait chaud. Très chaud... Pourtant, la fenêtre était grande ouverte et une brise légère soulevait les rideaux. Agacée, elle agita les jambes pour se débarrasser des draps qui l'emprisonnaient.

— Hé ! Fais attention, s'il te plaît ! Tu m'as fait mal !

La jeune femme entrouvrit les lèvres, mais aucun son ne parvint à jaillir de sa gorge.

— Que... que fais-tu dans mon lit ? bredouilla-t-elle enfin, non sans peine.

— Ce n'est pas ton lit, c'est le mien.

— Plus maintenant ! Alors va-t'en !

Sam s'étira paresseusement.

— C'est une véritable manie chez toi de t'adjuger ce qui m'appartient ! Cela doit avoir une signification bien particulière. Nous devrions en parler...

— Sors d'ici ! Immédiatement !

— Ne crie pas comme cela ! Tu vas ameuter tout le

46

village. Je n'ai pas très envie d'affronter dès le réveil la mine sinistre de tes trois protecteurs.

— Sam Beaumont, cesseras-tu un jour de me compliquer l'existence ? Tout allait bien ici jusqu'à l'instant où tu as débarqué du ferry...

— Tu mens, Anna, ce n'est pas digne d'une jeune femme de ton rang.

— Que veux-tu dire ?

— Si tout allait bien, comme tu le prétends, tante Martha ne m'aurait pas appelé au secours.

Elle se redressa sous l'effet de la surprise.

— C'est elle qui t'a demandé de venir ? Mais pourquoi ?

— Parce qu'elle te trouve un comportement étrange depuis quelque temps et s'inquiète à ton sujet.

— Je me porte très bien et je n'ai besoin de personne.

Sam secoua lentement la tête.

— C'est curieux, mais je ne te crois pas.

— Tu n'as jamais cru personne en dehors de toi-même.

— Martha ne m'aurait pas fait venir pour rien. Dis-moi ce qui ne va pas !

Elle détourna vivement la tête pour échapper à son regard.

— Tu... tu veux dire que tu es revenu à cause de moi ?

— Absolument.

— Parce que tu pensais que je n'allais pas bien ?

— Entre autres, oui.

Sa réponse l'intrigua.

— Quoi d'autre, Sam ?

Il leva la main pour tenter d'endiguer le flot de ses questions.

— Pas si vite ! Réponds-moi d'abord ! Qu'y a-t-il, Anna ? Ma tante se fait un sang d'encre à ton sujet.

— Je ne comprends pas pourquoi. Très franchement, elle n'a aucune raison de s'inquiéter.

En tout cas, aucune raison dont elle pût tranquillement débattre avec lui. Soudain, elle éprouva le besoin urgent de fuir ce tête-à-tête, d'échapper aux questions de Sam avant qu'il ne parvienne à lui arracher la vérité. Elle passa les jambes hors du lit, mais il la rattrapa et la retint avec autorité contre lui.

A cet instant seulement, elle réalisa que Sam était nu. Aussi nu que le jour de sa naissance...

4.

— Habille-toi ! s'écria-t-elle en mettant les mains devant ses yeux. Comment oses-tu te présenter ainsi devant moi ?

— Je m'habillerai lorsque tu auras répondu à ma question, répondit-il sans s'émouvoir.

Sa question ? Quelle question ? Dans son affolement, Anna avait tout oublié.

— Euh... oui... la réponse est oui...

Sam poussa un long soupir.

— Tu ne sais même plus de quoi nous parlions.

— Qu'importe ! Maintenant que je t'ai répondu, enfile tes vêtements !

— C'est fait !

Il attendit qu'elle eût rouvert les yeux pour ajouter :

— Enfin, presque...

Il avait à peine glissé les pieds dans son pantalon. Le spectacle la fit rougir de honte.

— Tu triches ! s'exclama-t-elle en détournant une nouvelle fois le regard.

— Cesse de jouer les vierges effarouchées ! Tu n'as toujours pas satisfait ma curiosité.

— A quel sujet ?

— Tu le sais très bien.

— Si tu fais allusion aux inquiétudes de Martha, je te répète qu'elles ne sont pas fondées. J'habite sous le toit d'une femme merveilleuse. J'exerce un métier que j'adore. Je vis sur l'une des plus belles îles du monde. Que pourrais-je souhaiter de plus ?

— Un mari et des enfants, peut-être ?

Le culot de cet homme n'avait décidément pas de limites !

— Cela ne te regarde pas. Et de toute façon, je ne veux pas de cela.

— Tu préfères rester célibataire ?

— Oui.

Il ne chercha pas à dissimuler son étonnement.

— Décidément, Martha a raison. Quelque chose ne va pas chez toi. Tu adores les enfants. Autrefois, tu prétendais vouloir en avoir une douzaine !

— J'avais dix-huit ans, je ne mesurais pas la portée de mes paroles. Quelle femme sensée accepterait aujourd'hui de mettre au monde une douzaine de bébés ?

— Anna, je ne te reconnais plus. Je ne peux pas croire que tu aies renoncé au bonheur de la maternité.

— Eh bien, crois ce que tu veux, mais je m'en moque éperdument. Une femme peut vivre très heureuse sans fonder une famille.

Il s'approcha et essuya doucement les larmes qui inondaient ses yeux.

— Si tu en es aussi sûre, alors pourquoi pleures-tu ? Tu ne peux pas avoir d'enfants, c'est cela ? Et c'est pour cette raison que tu as renoncé à me suivre autrefois ?

Elle recula d'un pas.

— Comment oses-tu me poser pareille question ?

Impatient de comprendre, il interpréta son reproche comme un aveu.

— Je m'en doutais, dit-il.

Elle secoua la tête avec véhémence.

— Tu te trompes, Sam. Cesse d'imaginer n'importe quoi ! Tout va bien, je t'assure...

— C'est faux !

Il passa un bras autour de sa taille et l'attira tendrement contre lui.

— Quelque chose que j'ignore encore aujourd'hui s'est produit il y a sept ans. Quelque chose qui t'a obligée à me rejeter...

— Il ne s'est rien passé. J'ai changé d'avis, c'est tout, assura-t-elle en tentant d'affermir sa voix.

— Je sais que tu mens, Anna. Je te connais trop bien. Quel est donc ce terrible secret qui t'éloigne de moi ?

Elle vit alors une peine immense se peindre sur son visage. Se pardonnerait-elle un jour de l'avoir si durement rejeté ? En le faisant chasser de l'île, elle lui avait infligé un terrible chagrin. Pour une raison étrange, il ne semblait pas lui tenir rigueur de sa cruauté. Pendant des années, il avait supporté son exil. Puis, au premier appel de sa tante, il avait enfourché sa moto pour voler au secours de celle qui l'avait si lâchement éconduit.

Incapable de prolonger plus longtemps ce douloureux tête-à-tête, Anna s'arracha à son étreinte et courut se réfugier dans la cuisine. Martha avait préparé le café. Elle s'en versa une tasse et la porta à ses lèvres. Dans l'état de nerfs où elle se trouvait, le liquide brûlant lui donna la nausée.

— Je peux t'accompagner ? demanda Sam en s'arrêtant dans l'encadrement de la porte.

On eût dit un chat prêt à bondir sur sa proie. Prudent, mais pas intimidé le moins du monde...

— Oui, bien sûr.

Anna ne se départissait jamais de ses bonnes manières. Dès sa plus tendre enfance, on lui avait appris à faire montre de politesse et d'amabilité en toutes circonstances.

— Tu ne prends toujours pas de sucre ? demanda-t-elle en lui tendant une tasse.

— Toujours pas, répondit-il.

Il se hissa comme autrefois sur le bord du comptoir, respira avec délices l'odeur du café et le dégusta à petites gorgées.

— Quel régal ! Quand je pense au breuvage insipide et amer que l'on boit à New York !

— As-tu souvent ressenti le mal du pays ?

— A peu près tous les jours. D'ailleurs, j'y ai réfléchi une bonne partie de la nuit. Allongé dans ma chambre, j'avais vraiment le sentiment d'être rentré chez moi.

— Ce n'est plus ta chambre. Tu dois te faire à cette idée.

— Si tu veux que ce soit la nôtre, je n'y vois pas d'inconvénient. Nous avons très bien dormi dans les bras l'un de l'autre.

Il avait retrouvé le ton railleur qui la mettait hors d'elle.

— Si tu oses dire à quiconque...

— Je vois que cela devient intéressant ! s'exclama une voix amusée depuis l'entrée.

Les joues écarlates, Anna fit volte-face.

— Pansy ! Tu es là depuis longtemps ?

— Quelques secondes, répondit la jeune femme en se tournant vers son époux. N'est-ce pas, Bertie ?

— En effet, approuva ce dernier en pénétrant dans la pièce. Bonjour Anna, bonjour Beaumont !

Sam inclina la tête avec courtoisie.

— Hinkle ! Heureux de te revoir ! Je te félicite pour ton mariage. Il paraît que ta petite famille s'agrandit ?

Pansy tapota son ventre avec satisfaction.

— Le numéro deux est attendu d'un jour à l'autre. Nous avons confié son frère aîné à la garde de sa grand-mère. Il est tellement excité à l'approche de la naissance que je n'arrive plus à le calmer.

Anna eût aimé disparaître dans un trou de souris. Qu'allaient penser les visiteurs des paroles qu'ils venaient de surprendre et de la légèreté de sa tenue ? Sa chemise de nuit lui parut soudain bien trop courte.

— Je... je déjeunais rapidement avant de monter m'habiller, bredouilla-t-elle maladroitement. Si vous voulez bien m'excuser un instant, je vais aller me changer...

— Je t'en prie, petite sœur, ne te dérange pas pour nous ! Nous passions juste dire un petit bonjour à Sam. Son arrivée n'est pas passée inaperçue dans le village.

Anna monta dans sa chambre et, renonçant finalement à passer sous la douche, elle enfila en hâte la première robe qui lui tombait sous la main. Pansy avait la langue bien pendue et le tact n'était pas sa principale qualité. Aussi jugea-t-elle plus prudent de ne pas la laisser trop longtemps en compagnie de Sam. Depuis la cage d'escalier, elle saisit les bribes d'une conversation qui confirmèrent aussitôt ses craintes.

— Papa t'a toujours soupçonné de vouloir séduire les trois filles Delacorte. Il connaissait pourtant les sentiments que je portais à Bertie. Mais rien n'aurait pu lui ôter cette idée de la tête.

— Pansy ! s'exclama Anna en faisant irruption dans la cuisine. Ne dis pas n'importe quoi ! Papa n'a jamais imaginé de telles sottises.

Le visage de Sam était d'une pâleur alarmante. Par sa maladresse, Pansy l'avait replongé dans un passé douloureux. Pour les Delacorte, les Beaumont n'étaient pas des gens fréquentables. Sam en particulier... Fruit d'un amour illégitime, il avait toujours été considéré comme un bâtard. Jeune homme, il s'était juré de ne jamais donner naissance à un enfant en dehors des liens sacrés du mariage pour ne pas lui infliger les souffrances qu'il avait lui-même endurées.

— Mais si, rappelle-toi ! insista lourdement Pansy. Il nous rebattait les oreilles avec ces histoires...

Bertie toussota d'un air embarrassé.

— Nous ferions mieux de partir, fit-il en regardant sa montre. Nous risquons d'arriver en retard chez le médecin...

Sa femme ouvrit de grands yeux ébahis.

— Mais nous venons tout juste d'arriver ! s'exclamat-elle sans comprendre.

Bertie ignora ses paroles.

— Sam, je suis heureux de te revoir parmi nous. Il paraît que tu es devenu un as de la finance. Tes conseils dans ce domaine nous seront très utiles. Tu penses rester longtemps par ici ?

— J'espère bien ne plus jamais repartir.

— Voilà une excellente nouvelle ! Tu viens, Pansy ?

A contrecœur, la jeune femme prit congé.

— Je suis désolée, soupira Anna quand la porte se fut refermée sur les visiteurs.

— A quel sujet ? demanda Sam.

— Ma sœur dit n'importe quoi. Mon père ne t'a jamais prêté de telles intentions. D'ailleurs, Trish était encore une petite fille lorsque tu...

Elle inspira profondément. Il était temps d'en finir avec les mensonges, temps d'affronter enfin la réalité de ses actes.

— ... lorsque je t'ai fait chasser de l'île.

— Pansy est pourtant persuadée de ce qu'elle affirme.

Elle n'a pas pu inventer toutes ces histoires.

— Elle n'est pas dans son état normal. Décidément, la grossesse ne lui convient pas. Lorsqu'elle était enceinte de son premier enfant, elle était convaincue que Bertie allait la quitter. Elle pleurait à longueur de journée et rien ni personne ne parvenait à lui ôter cette idée saugrenue de la tête.

L'humeur de Sam s'allégea quelque peu.

— Avait-il vraiment l'intention de divorcer ?

— Mais pas du tout ! Pour elle, il irait jusqu'à décrocher la lune. Il a supporté ses larmes avec patience et philosophie. Leur mariage n'a jamais été menacé.

— A propos de mariage, nous ne devrions pas trop tarder à organiser le nôtre.

— Pardon ?

Avait-elle bien entendu ou son imagination commençait-elle à lui jouer des tours ?

— Ta sœur et ton beau-frère nous ont surpris dans un tête-à-tête quelque peu compromettant.

Il regarda sa montre avant d'ajouter :

— A mon avis, dans moins d'une heure, toute la population de l'île sera au courant.

— Ils ne diront rien.

— Comment peux-tu en être aussi sûre ?

— Bertie est un homme d'honneur. Il saura faire preuve de discrétion et empêchera sa femme de parler. A première vue, on pourrait penser que Pansy dicte sa loi dans le ménage. En réalité, lorsque Bertie prend une décision, personne ne se risque à le contredire. Pas même le shérif.

Cette remarque retint particulièrement l'attention de Sam.

— Tu le crois vraiment ?

— Si tu restes un peu parmi nous, tu t'en rendras compte assez vite.

Puis, ne pouvant réprimer plus longtemps la question qui lui brûlait les lèvres, elle demanda :

— Tu parlais sérieusement, tout à l'heure ? Tu as vraiment l'intention de t'installer définitivement ici ?

Il s'approcha d'elle, et, sans lui laisser le temps de prévenir son geste, défit la barrette qui retenait ses cheveux.

— Je n'ai jamais été aussi sérieux, répondit-il, émerveillé par la cascade de boucles dorées qui déferlait sur ses épaules.

Sam admirait depuis toujours sa somptueuse chevelure. Jadis, il avait passé des heures délicieuses à la caresser, promenant doucement les mains dans la masse blonde, enroulant les longues mèches autour de ses doigts. Lorsqu'il était enfant, sa mère lui avait raconté qu'une sirène avait un jour transformé en or les beaux cheveux d'Anna. Cette anecdote était chère à son cœur, car elle associait dans son souvenir les deux femmes qu'il avait le plus aimées.

— Mais que vas-tu faire ici ? demanda-t-elle encore. Il n'y a pas de travail sur cette île pour un agent de change.

— J'ai mis de côté suffisamment d'argent pour vivre à l'abri du besoin jusqu'à la fin de mes jours. Il me suffira de gérer intelligemment mon patrimoine.

— Tu as choisi un métier plus rentable que le mien. A ce propos, le devoir m'appelle. Il faut que je file...

— Ne me dis pas que tu vas travailler en plein mois de juillet ! L'école du village est fermée.

— Je donne des cours d'été à une poignée d'étudiants. Enfin, quand je parviens à les réunir... L'environnement ne les incite pas beaucoup à étudier.

— Et où comptes-tu les trouver aujourd'hui ?

— Sur la plage.

— Je suis sûr que je ferais un parfait assistant.

56

— Je n'ai besoin de personne, assura-t-elle. Passe une bonne journée !

Sur ces mots, elle disparut dans le vestibule, attrapa au passage les clés de sa moto et s'échappa avec soulagement de la maison de Martha. Une crampe d'estomac lui rappela soudain qu'elle n'avait rien avalé de solide depuis la veille au soir. Tant pis ! Pour rien au monde, elle n'aurait risqué une nouvelle confrontation avec Sam. Il n'était pas arrivé depuis vingt-quatre heures que déjà sa paisible existence se trouvait bouleversée.

Elle traversa le village sur les chapeaux de roues et prit la direction du port où était ancré le petit hors-bord joliment baptisé *Lulluby*, que sa grand-mère lui avait offert pour son seizième anniversaire. Tous les matins, elle retrouvait ses étudiants sur la petite île de Point Doom. Il s'agissait en réalité d'un petit banc de sable que l'on pouvait atteindre à pied à marée basse. L'endroit était particulièrement apprécié des surfeurs qui aimaient la manière dont les vagues venaient s'y briser.

Anna sauta à bord, et tira le starter à deux reprises pour mettre le moteur en marche.

— Laisse-moi t'aider ! fit la voix grave de Sam tandis qu'elle déroulait les cordes de la bitte d'amarrage.

— Je t'ai pourtant dit que je n'avais besoin de personne ! s'exclama-t-elle sans essayer de dissimuler son agacement. Assieds-toi, s'il te plaît ! Tu vas nous faire couler...

Elle s'installa au fond du bateau, saisit la barre et mit le cap en direction du large.

— Tu sais que je t'ai presque perdue à la sortie du village ? observa Sam d'un air sévère. Tu roules vraiment trop vite. Si tu continues, je serai obligé de te confisquer les clés de la moto.

Elle fit mine de ne rien entendre.

— Où allons-nous ? demanda-t-il encore.

— Point Doom.

Il la considéra d'un air surpris.

— Tes étudiants n'y seront pas. Le niveau de l'eau est trop haut et le vent orienté au nord-ouest. Il ont sûrement choisi une autre plage.

— Nous verrons bien.

Dix minutes plus tard, alors qu'elle manœuvrait le hors-bord sur une mer plutôt agitée, Anna dut admettre que Sam avait raison. L'îlot de sable était désert et totalement coupé du reste de l'île par les eaux tourmentées de la marée montante.

— Nous allons être obligés de retourner au port. Le courant est trop fort pour ma petite *Lullaby*. Nous ne sommes pas loin de l'ouragan qui souffle en ce moment sur les côtes de Floride.

— Ce serait dommage de rentrer aussi vite ! Pourquoi ne pas faire un tour le long de la petite crique ?

— Je n'ai pas le temps. Mes étudiants m'attendent.

— J'ai plutôt l'impression qu'ils essaient de te fuir. Accorde-leur quelques heures de vacances ! Je suis certain qu'ils ne t'en tiendront pas rigueur...

Le moteur toussota puis reprit normalement son régime.

— Il n'y a plus d'essence ? demanda Sam qui avait immédiatement détecté l'origine du problème.

— J'ai fait le plein hier, mentit-elle bien inutilement.

— Où est le bidon de secours ?

— Le bidon ? Je... euh... je ne l'ai pas pris...

Sam commençait à perdre son calme.

— Mais où donc as-tu la tête ? Un enfant ne sortirait pas en mer sans un jerrican !

Il jeta un regard circulaire autour de lui.

— Et les rames ?

58

Anna se râcla la gorge avec embarras.

— Je les ai déposées chez Pansy l'autre jour. Bertie m'a promis de les repeindre.

— Décidément, tu es impardonnable. Tiens bien le cap ! Avec un peu de chance, nous atteindrons Point Doom.

Mais le moteur cala bien avant de les conduire à destination. A quelques cent mètres du petit banc de sable, le courant s'empara de l'embarcation pour l'attirer vers le large. Des vagues de plus en plus hautes déferlèrent au-dessus de la rambarde, menaçant d'inonder la coque. En quelques secondes, la charmante promenade s'était transformée en un véritable cauchemar.

— Il faut plonger ! s'écria Sam.

— Non ! protesta Anna. Je n'abandonnerai jamais ma *Lulluby*.

— Telle n'était pas mon intention.

En hâte, il se débarrassa de ses vêtements et sauta par-dessus bord.

— Lance-moi la corde ! cria-t-il en s'ébrouant.

Elle s'exécuta et s'empressa d'ôter la bride de ses sandales.

— Attends-moi ! J'arrive !

— Non ! Toi, tu restes dans le bateau !

— Sam, tu n'auras pas la force de nous tirer tout seul. Le courant est bien trop fort.

Sans chercher à le convaincre, elle plongea à son tour. Le moment était mal choisi. Une lame gigantesque l'enveloppa dans ses flots et elle dut déployer des efforts surhumains pour parvenir à refaire surface. Sam lui agrippa fermement le bras.

— Une vraie mouche du coche ! Tu ne me seras pas d'un grand secours si tu m'obliges à te surveiller sans arrêt.

— Je n'ai pas besoin que tu me surveilles. Je sais nager depuis l'âge de cinq ans.

— Alors, assez de bavardage ! Attrape la corde et tire de toutes tes forces !

Il leur fallut près d'une demi-heure pour atteindre enfin Point Doom. La marée haute l'avait presque entièrement recouverte et seul un petit banc de sable émergeait encore de l'océan. Anna était exténuée. Tremblante, elle aida le jeune homme à tirer le bateau sur la terre ferme. Ses bras et ses jambes lui semblaient en caoutchouc. Au bord de l'épuisement, elle se laissa tomber à côté de Sam.

— Et maintenant, qu'allons-nous faire ?

— Je ne vois pas trente-six solutions.

— Attendre les secours ?

— J'ai une meilleure idée...

Elle secoua la main en signe de dénégation.

— Ne compte pas sur moi pour nager jusqu'au port !

Et je te déconseille de le faire. Personne ne serait capable d'accomplir une telle performance. Surtout après l'effort que nous venons de fournir...

— Je ne pensais pas à cela.

Anna poussa un long soupir.

— Et à quoi pensais-tu exactement ?

Il lui vrilla un regard malicieux.

— Laisse-moi quelques minutes pour reprendre mon souffle et je te montrerai ce dont un Beaumont est capable en compagnie d'une jolie femme sur une île déserte !

5.

Sam guetta avec impatience la réaction d'Anna. Elle l'observa longuement. Dans ses grands yeux bleus se mêlaient la crainte et le désir. On eût dit une sirène échouée sur un petit carré de paradis, et soumise au bon vouloir d'un pirate. Le sel marin avait collé ses mèches blondes, tressant des épis dorés et scintillants tout autour de sa tête. Sa robe de cotonnade couleur pêche moulait gracieusement ses formes et l'étoffe presque transparente offrait un spectacle enchanteur.

— Tu ne me feras rien de mal, murmura-t-elle enfin. On risquerait de nous voir.

Il opina d'un air satisfait.

— C'est bien ce que je souhaite. A quoi bon te désho-norer si personne ne peut en témoigner?

— Tu n'oseras pas, ajouta-t-elle. D'ailleurs, tu n'en as pas le droit.

Une mimique intriguée se peignit sur le visage du jeune homme.

— Et pourquoi cela?

— On ne s'attaque pas à la réputation d'une maîtresse d'école.

— Décidément, l'île Delacorte est régie par des lois bien particulières! D'après toi, ton statut te mettrait à l'abri de toute tentative de séduction?

— Les gens ne comprendraient pas. C'est un peu comme si mes origines et le métier que j'exerce me plaçaient sur un piédestal.

— Les Beaumont se sont toujours moqués des conventions. Je me suis juré de te compromettre.

— Et tu es un homme de parole, c'est cela?

Il crut deviner dans son regard comme une brève lueur d'espoir.

— C'est cela...

Une vague vint se briser sous leurs pieds, faisant remonter la robe d'Anna jusqu'à la hauteur de ses cuisses. Sam ne put réprimer son désir plus longtemps. Il l'attira contre lui et déposa un baiser sur ses lèvres. Elle n'essaya pas de le repousser.

— On dirait que la chance est avec moi, murmura-t-il tout contre son oreille.

— Que veux-tu dire?

— En l'espace de vingt-quatre heures, le destin nous a jetés trois fois dans les bras l'un de l'autre. Or je ne me sens pas la force de lutter contre le destin...

Elle le fixa intensément, puis ses yeux se plissèrent dans une expression énigmatique, chargée de tendresse et de regrets. Une fois encore, Sam sentit que se dressait entre eux le fantôme du passé. Le cri d'une mouette déchira le silence. Dans un même mouvement, ils redressèrent la tête et suivirent ensemble la trajectoire de l'oiseau qui s'envolait vers le large.

Il resserra doucement son étreinte.

— Anna, je crois que l'heure de ma vengeance a sonné. Vas-tu essayer de me résister?

Un sourire amusé détendit ses traits.

— Un bon stratège ne dévoile jamais ses plans à l'ennemi.

— Tu ne sembles pas inquiète.

— Je ne le suis pas.

— Pourquoi ?

— Parce que je te connais, Sam, déclara-t-elle avec une désarmante assurance.

— Et alors ?

Une indicible mélancolie parut de nouveau l'accabler.

— Malgré tout ce que tu as enduré par ma faute, je crois qu'au fond tu ne m'en veux pas.

Un sentiment de colère monta soudain en lui. Le croyait-elle assez faible pour accepter sans mot dire les les plus cruels affronts ?

— Tu te fais des idées, Anna.

Elle secoua doucement la tête.

— Je n'ai pas peur de toi. Je sais que tu ne me feras jamais aucun mal.

— Tu dois avoir raison. Car en ce moment, j'ai plutôt envie de te faire du bien.

Une nouvelle vague vint caresser les jambes de la jeune femme. Sam y vit une invitation. Il fit rouler sa compagne à son côté et, d'une main tremblante, dégrafa un à un les boutons de sa robe. Ebloui par le spectacle qui s'offrait à sa vue, il se pencha au-dessus d'elle, embrassa son cou et laissa errer sa bouche jusqu'à la naissance de ses seins. Le corps d'Anna se tendit sous ses caresses et ses doigts fins s'enfoncèrent profondément dans le sable.

Il était ivre de bonheur. La femme qu'il aimait de toute son âme et qui l'avait autrefois si injustement rejeté s'offrait aujourd'hui à lui sans plus de retenue. Pourtant, sur le point d'accomplir sa vengeance, il commença à hésiter. Dans un long cri de frustration, il s'arracha à l'objet de son désir.

Anna avait raison. Jamais il ne s'autoriserait à s'unir physiquement à elle en dehors des liens sacrés du mariage.

— Sam ? murmura-t-elle en se redressant. Qu'y a-t-il ?

— Je crois qu'il serait plus sage de nous arrêter là. Je renonce à ternir ta réputation.

— En es-tu bien sûr ? Une si belle occasion ne se représentera sans doute plus jamais...

Il caressa tendrement son visage.

— Nous avons la vie devant nous, Anna.

Soudain, un cri lointain les fit se retourner.

— Les Trois Mousquetaires ! soupira tristement Sam. Je les avais presque oubliés, ceux-là...

La voix appartenait au maire du village. Le jeune homme l'aurait reconnue entre toutes.

— Dépêchez-vous, les gars, avant qu'il ne soit trop tard !

— Rolly, nom d'un chien, assieds-toi ! Tu as envie de nous faire chavirer ? Et dépêche-toi de ranger ce revolver ! C'est une manie chez toi de jouer avec les armes ?

— Je suis le shérif et je n'ai d'ordre à recevoir de personne.

— En attendant, range-toi sur le côté ! Tu m'empêches de manœuvrer dans la bonne direction. Voilà, nous arrivons ! Qui de nous va chercher Anna ? Toi, Ben, tu es assis à ne rien faire. Plonge et ramène-la vite à bord !

Sam laissa échapper un soupir douloureux.

— Tes trois chaperons ne te lâchent décidément pas d'un pouce, fit-il en aidant sa compagne à se relever.

Une couleur délicieuse empourprait ses joues.

— Cache-moi un moment, s'il te plaît ! Le temps que je me rhabille correctement...

Il lui offrit l'abri de ses épaules et attendit un instant avant de se retourner.

— Alors, tu as terminé ?

— Je n'y arrive pas. Le tissu est trempé et plein de sable. J'ai l'impression que les boutonnières ont rétréci !

64

— Veux-tu que je t'aide ?

— Non ! Mais promets-moi de ne plus jamais mettre un tel désordre dans mes vêtements ! Je suis vraiment dans un état lamentable...

Il fronça les sourcils.

— Voilà une promesse que j'aurai bien du mal à tenir ! Mais je veux bien accepter si, de ton côté, tu me jures d'être un peu plus raisonnable.

— Raisonnable ? Mais je ne vois pas en quoi...

— Premièrement, je veux que tu cesses de battre des records de vitesse avec ta moto.

Anna n'essaya pas de le contredire.

— Entendu, je roulerai plus doucement.

— Deuxièmement, j'exige que tu remettes un bidon de secours dans ton bateau.

— C'est promis !

— Troisièmement, je tiens absolument à ce que tu récupères les rames chez ta sœur.

— Je passerai chez Pansy cet après-midi.

— Parfait ! Et maintenant, dépêche-toi ! Ben ne va pas tarder à arriver. Heureusement pour toi, il nage aussi maladroitement qu'un chiot !

L'arrivée de Ben mit un point final à leur discussion.

— Que faites-vous là, tous les deux ? Il faut être inconscient pour s'aventurer à Point Doom à marée haute !

Anna lui offrit son sourire le plus innocent.

— Bonjour, Ben ! Comme je suis soulagée de te voir !

A la vue du décolleté de la jeune femme, le visage du policier prit un teint cramoisi. Il détourna prestement le regard. Sam observait la scène d'un air amusé.

— Tu as des ennuis, Anna ?

— Eh bien, oui, avoua-t-elle en affichant un air de petite fille prise en faute. J'ai commis une imprudence.

Ben gratifia Sam d'une œillade assassine.

— Que t'a-t-il fait, Anna?

— Oh, il ne m'a rien fait de mal! Nous sommes tombés en panne d'essence. C'est ma faute. Je n'avais pas de jerrican à bord.

Il parut à moitié satisfait de son explication.

— C'est tout? Tu en es bien sûre?

— Absolument.

Sam arpentait le petit banc de sable d'un air exaspéré.

— Quand vous aurez fini de bavarder, nous pourrons peut-être envisager de partir d'ici!

Le maire et le shérif commençaient eux aussi à perdre patience.

— Alors, Ben, qu'est-ce que tu fabriques? Le vent se lève, il faut se dépêcher de rentrer.

— Le bateau d'Anna est en panne! cria-t-il dans leur direction. Il va falloir le remorquer.

— Remettez-le à l'eau! ordonna Rawling. Et lancez-moi une corde!

Quand enfin ils atteignirent le port, Anna remercia poliment ses trois sauveteurs et se précipita sur sa moto. Elle n'avait qu'une envie: rentrer chez elle au plus vite et passer sous la douche. Elle n'eut pas besoin de regarder dans son rétroviseur pour savoir que Sam était une nouvelle fois à ses trousses.

— Je t'avais avertie! fit-il sévèrement lorsqu'ils eurent atteint la maison de Martha. Tu es un vrai danger public avec cet engin.

Il tendit la paume de la main.

— Donne-moi les clés!

Elle recula d'un pas.

— Et si je refuse?

— Je les prendrai de force.

Un petit rire cristallin résonna derrière eux.

— Voyons, Sam ! Ne me dis pas que tu es revenu sur ton île natale pour terroriser les jeunes filles !

Anna fit volte-face et découvrit à quelques mètres d'elle la créature la plus éblouissante qu'elle ait jamais vue. Ses cheveux brillants étaient noirs comme l'ébène. Une jupe de la dimension d'un mouchoir de poche attirait le regard sur des jambes fines et immenses. Elle avança jusqu'à eux d'une démarche chaloupée. Ses grands yeux verts soumirent la pauvre Anna à un examen détaillé.

— Quelle bonne surprise ! s'exclama Sam avant de prendre la jeune femme dans ses bras pour l'embrasser sur les deux joues. Que nous vaut l'honneur de ta visite, Diana ?

— Bonjour, mon chéri ! fit-elle avec une familiarité presque choquante. Je passais par là, et j'ai eu envie de prendre de tes nouvelles...

Son accent trahissait ses origines new-yorkaises, rendant son mensonge encore plus grotesque. Personne ne passait par hasard sur l'île Delacorte ! Les mâchoires crispées, Anna attendit la réaction de Sam.

— Tu as très bien fait ! répondit-il dans un large sourire. Je suis heureux de te présenter Anna Delacorte. Anna, voici Diana Starr, mon associée.

— Ex-associée, corrigea l'intruse en arborant une moue affligée. A moins que je ne parvienne à te faire revenir sur ta décision...

Les deux femmes échangèrent une poignée de main assez peu cordiale.

— Diana, ne t'approche pas trop ! ironisa Sam de sa voix traînante. Elle a l'air d'un ange, mais elle n'est pas aussi inoffensive qu'elle le paraît.

— Alors, c'est elle ?

— Oui, c'est bien elle !

— Comment cela, « c'est elle » ? s'indigna Anna qui n'appréciait guère leur désinvolture.

— Ce sont vos ancêtres qui ont donné leur nom à cette île ? improvisa Diana sans la moindre gêne. C'est un endroit magnifique...

Puis, s'adressant de nouveau à Sam, elle poursuivit :

— Ecoute, chéri, je n'ai pas beaucoup de temps. Je viens de perdre plus de deux heures à te trouver. Il faut absolument que nous parlions, tous les deux.

— Oui, bien sûr ! Allons chez moi, je te ferai visiter ma maison...

Il fut interrompu par ce petit rire mièvre qu'Anna supportait avec difficulté.

— Comme tu voudras, chéri !

Apparemment pressée de prendre congé, elle ajouta poliment :

— Je suis ravie d'avoir fait votre connaissance, mademoiselle Delacorte.

— Moi de même, répondit Anna qui n'en pensait pas un mot. Si vous voulez bien m'excuser, je vais prendre une douche. Le sel me brûle la peau.

— Un accident avec votre bateau ? s'enquit Diana avec une compassion feinte.

— Une panne d'essence...

Un nouveau gloussement accueillit ses paroles.

— Le coup de la panne ! Chéri, vraiment, tu manques un peu d'imagination ! Ainsi, vous avez dû nager jusqu'à la côte ?

— Oh, non, mon ami le dauphin m'a ramenée à bon port ! Vous savez, les filles des îles ont plus d'un tour dans leur sac !

Cet échange puéril commençait à ennuyer Sam.

— Allons-y, Diana, je suis impatient de te montrer mon domaine !

Il passa un bras autour de son épaule et l'entraîna vers une petite voiture de location stationnée au bord du chemin.

— Oh, Anna! lança-t-il en se retournant une dernière fois. Dis à Martha que je ne rentrerai pas pour le dîner, tu veux bien?

Cette fois, c'en était trop! Sans répondre, Anna disparut à l'intérieur et claqua violemment la porte derrière elle. A quoi jouait-il au juste? La prenait-il pour une vulgaire poupée que l'on peut serrer dans ses bras et rejeter sans remords l'instant d'après? En proie à une véritable fureur, elle monta s'enfermer dans la salle de bains et tenta d'apaiser sa colère sous le jet brûlant de la douche.

— Mais enfin, tu ne comprends pas, tante Martha!

La vieille dame leva les yeux de son ouvrage.

— Qu'est-ce que je ne comprends pas, ma chérie?

Anna se posta derrière la fenêtre et plongea le regard dans l'obscurité de la nuit.

— Sam s'est juré de me séduire et de ruiner ma réputation. Il me l'a dit.

— Il te taquinait, j'en suis sûre. Autrefois, c'était le plus malicieux de tous les petits garçons de l'île.

La jeune femme secoua négativement la tête.

— Non, ce n'est pas cela. Il veut se venger de moi parce que j'ai... je l'ai...

— Parce que tu as demandé aux Trois Mousquetaires d'intervenir dans votre relation.

Elle fit brusquement volte-face.

— Tu étais au courant?

— Voyons, Anna, comment peux-tu poser une telle question? Tu sais bien que sur l'île Delacorte, les secrets sont impossibles à garder.

— Oui, j'aurais dû m'en douter...

Pendant quelques instants, le cliquetis régulier des aiguilles à tricoter résonna dans la pièce.

— Je sais aussi que, cette fameuse nuit, tes valises étaient prêtes, ajouta Martha après un temps.

— Et cela, qui te l'a dit?

— Pansy.

— Et que sais-tu encore?

— J'ai entendu parler d'une violente dispute entre Joe et toi.

Comme accablée par un flot de souvenirs trop lourds à porter, Anna se laissa tomber sur la première chaise venue.

— Papa avait découvert, j'ignore comment, que je projetais de m'enfuir avec Sam, expliqua-t-elle.

— Hum...

Elle laissa délicatement retomber son ouvrage sur ses genoux.

— J'imagine assez bien la colère que cette nouvelle a dû susciter en lui.

— Il a toujours détesté les Beaumont.

Puis, dans un regard d'excuse, elle ajouta :

— En dehors de toi, bien sûr.

— Oh, je ne faisais pas exception à la règle! Il me haïssait comme tous les autres.

A quoi bon essayer de mentir? Martha devinait tout mieux que personne.

— Pansy t'a-t-elle dit autre chose? demanda Anna non sans inquiétude. T'a-t-elle révélé les raisons de ma querelle avec papa?

— Tu viens de me les donner toi-même. Il ne voulait pas te laisser partir avec Sam.

— Il est parvenu à me convaincre d'attendre.

— Et tu as attendu. Sept longues années...

70

Aujourd'hui, Sam est revenu. Plus rien ni personne ne peut s'opposer à votre bonheur.

Malheureusement, le passé avait laissé des traces indélébiles dans la mémoire de chacun.

— Tu ne comprends pas, répéta Anna. Il ne veut pas d'une réconciliation. S'il est ici, c'est pour se venger du mal que je lui ai fait.

— Ma chérie, cesse de compliquer les choses à loisir ! Si tu vas trouver Sam, si tu lui présentes des excuses, je suis sûre qu'il te reviendra.

— Et si cela ne marche pas ?

— Alors, tu lui diras la vraie raison qui t'a empêchée de le suivre.

Anna fronça les sourcils.

— Que veux-tu dire ?

— Je connaissais Joe beaucoup mieux que tu ne le crois. Il t'a dit quelque chose cette nuit-là et...

— Non ! coupa-t-elle précipitamment.

— Il t'a dit quelque chose qui t'a dissuadée de partir, insista Martha avec une gravité inhabituelle. Si tu veux retrouver définitivement la confiance de Sam, tu dois lui dire toute la vérité.

— Je ne peux pas...

Sa voix n'était plus qu'un murmure.

— Tu le dois, ma chérie. Sans quoi tu devras renoncer à l'homme que tu aimes.

Si Martha avait eu connaissance des révélations de son père, elle aurait compris l'impossibilité dans laquelle elle se trouvait de se confier à Sam.

— Je ne pourrai jamais l'épouser, murmura-t-elle douloureusement.

— Le dénouement de cette triste histoire est entre tes mains, Anna. Tôt ou tard, tu devras te libérer de ton secret. A quoi bon attendre ?

— Je... je vais y réfléchir...

Elle savait pourtant que rien ne pourrait la faire changer d'avis. La révélation du secret dont parlait Martha serait lourde de conséquences. Depuis longtemps, elle avait choisi de renoncer à son bonheur pour préserver le bien-être de son entourage.

Le cliquetis des aiguilles interrompit le fil de ses pensées.

— Maintenant, reprit Martha d'un ton plus énergique, dis-moi un peu ce que tu fais ce soir en compagnie d'une vieille dame comme moi ! L'homme de ta vie est revenu au pays et tu l'abandonnes stupidement aux griffes de cette harpie new-yorkaise dont tu me parlais tout à l'heure. A ta place, il y a belle lurette que j'aurais interrompu ce charmant tête-à-tête...

— Tu crois vraiment que je devrais le faire ? interrogea Anna, les yeux écarquillés de surprise.

— Evidemment ! soupira Martha, excédée. Et à ta place, je ne tarderais pas.

Le sens de ses paroles était sans équivoque. La nuit était tombée depuis longtemps. Sam et Diana avaient sans doute épuisé leurs sujets de conversation, et la suggestion de Martha ne manquait pas de bon sens.

— Je crois que je vais aller faire un tour, déclara la jeune femme après un bref instant de réflexion.

— Excellente idée ! approuva sa tante dans un sourire à la fois tendre et complice.

— Existe-t-il encore un argument capable de te faire revenir sur ta décision ?

— Je suis désolé, Diana. Rien de ce que tu pourras me dire ne me convaincra de retourner à New York.

— Dommage ! soupira la jeune femme en avançant jusqu'à la fenêtre. Quelle vue magnifique !

72

Sam s'adossa contre le mur en regrettant qu'Anna ne fût pas à ses côtés pour profiter du beau spectacle que le clair de lune offrait à sa vue.

— Anna disait à peu près la même chose la dernière fois que nous sommes venus ici.

— Tu l'as vraiment amenée dans cette chambre ? fit Diana en ouvrant de grands yeux. Le jour même de ton arrivée ! Eh bien, toi au moins, tu ne perds pas de temps ! J'imagine sans trop de peine ce qui s'est passé...

— Détrompe-toi ! Il s'est passé plein de choses, mais pas ce que tu penses.

— Raconte ! fit-elle avec curiosité.

— Eh bien, le vent a claqué la porte avec une telle violence que la poignée est tombée. Nous sommes restés prisonniers.

Elle pointa le regard en direction de la serrure.

— J'espère que le problème est réglé, maintenant.

— Oui, j'ai réparé tout le mécanisme. Pourquoi ?

— Tout simplement parce que le battant...

Un coup retentissant fit trembler les murs de la maison.

— ... est en train de se refermer !

— C'est sans importance, j'ai fait le nécessaire.

Venant contredire aussitôt ses propos, un bruit de porcelaine résonna sur le plancher. Sam considéra le pommeau d'un air incrédule.

— Je croyais que tu avais tout réparé ! s'exclama Diana d'un ton sec.

— J'y ai passé plus d'une heure hier soir, je t'assure !

— Reviens à Wall Street, Sam ! Tu es si maladroit que jamais tu ne parviendras à retaper cette maison.

Puis, elle prit soudain conscience de la situation.

— A propos, qu'allons-nous faire pour sortir d'ici ?

— Si Anna était là, elle sauterait par la fenêtre pour venir nous délivrer.

— Très peu pour moi. Je n'ai jamais eu l'âme d'une héroïne et je tiens par-dessus tout à rester entière.

— Alors, je ne vois aucune solution.

Il traversa la pièce, se laissa tomber sur la chaise et croisa les deux bras autour de sa poitrine.

— Nous n'avons plus qu'à attendre. Quelqu'un viendra tôt ou tard à notre secours...

Longtemps après la tombée de la nuit, ils perçurent enfin un bruit de pas dans la cage d'escalier.

— Sam? appela à plusieurs reprises la petite voix d'Anna. Sam, es-tu là?

Le jeune homme jura entre ses dents. Qu'allait-elle s'imaginer en les trouvant tous les deux dans cette pièce?

— Nous sommes ici, répondit-il en redoutant le pire. Dans la chambre...

— Où cela? fit-elle à bout de souffle, en atteignant le palier du deuxième étage. Sam Beaumont, comment as-tu osé? Tu es vraiment un...

— Anna, ma chérie?

— Pas de cela avec moi! Tu as réussi à t'enfermer là-dedans avec ton associée?

Il abaissa les paupières et laissa échapper un cri de frustration.

— Oui, Anna, nous sommes là tous les deux.

Un silence menaçant se fit de l'autre côté de la porte. Puis un poing s'abattit avec force sur le montant de bois. A moins que ce ne fût un coup de pied?

— Sam Beaumont! Tu es un traître et tu vas me le payer!

74

6.

— Anna, le moment me paraît plutôt mal choisi pour un règlement de comptes, répondit-il en s'efforçant de conserver son calme. Aide-nous à sortir, je t'en prie !

— Pourquoi le ferais-je ? Je vais appeler les Trois Mousquetaires. Ils se chargeront de vous délivrer. Comme il serait un peu délicat de les déranger à une heure aussi tardive, j'attendrai demain matin.

— Anna Delacorte ! Si tu ne remets pas cette poignée en place immédiatement, je jure de sauter par la fenêtre comme tu l'as fait l'autre jour. Et si je me casse une jambe, tu en seras la seule responsable.

— Vas-y ! Surtout ne te gêne pas ! Je descends de ce pas assister au spectacle.

— Tu es vraiment une gamine stupide et...

— S'il vous plaît, interrompit Diana dans un soupir exaspéré. Cessez de vous chamailler !

— Vous ne pouvez pas comprendre ! s'exclama Anna dans un sanglot étouffé.

Sam était désemparé. Que n'avait-il la force de briser cette maudite porte pour prendre la jeune femme dans ses bras et la consoler tendrement ?

— Qu'est-ce que je ne comprends pas ? demanda Diana avec douceur.

— Il est revenu sur l'île pour se venger de moi en détruisant ma réputation. Au lieu de cela, c'est à vous qu'il s'en prend. Il y a erreur sur la personne.

L'incohérence de ces propos dessina un sourire amusé sur les lèvres de Diana. Avait-on jamais entendu une femme réclamer son déshonneur avec une telle véhémence ?

— Anna, il ne s'est rien passé entre Sam et moi. Je vous en donne ma parole.

— Personne ne le croira. Sa renommée de séducteur n'est plus à faire. Je vais être la risée de tous.

— Alors qu'attendez-vous pour vous débarrasser de moi ? Le dernier ferry quitte l'île dans une vingtaine de minutes. Si nous nous dépêchons, je pourrai embarquer.

— Elle a raison, renchérit Sam. Si elle part dès ce soir, personne n'aura vent de cette histoire.

L'argument étant frappé au coin du bon sens, la jeune femme accepta de se laisser convaincre. Un instant plus tard, Diana se précipitait hors de la chambre.

— Vous avez dans la région de bien curieuses façons de distraire vos visiteurs, observa-t-elle avec humour. Malheureusement, il faut que je parte. Je n'ai plus le temps de jouer avec vous. Je suppose, mademoiselle Delacorte, que vous pourrez reconduire Sam chez sa tante ?

— Ne vous inquiétez pas, je me charge de lui !

Le ton ironique n'augurait rien de bon.

— Merci de votre visite, ajouta poliment Anna.

— Merci à vous. Mon séjour a été bref, mais très instructif sur les mœurs de l'archipel.

— Je t'appellerai demain, glissa Sam en l'embrassant chaleureusement.

Avant de la laisser partir, il murmura quelques mots à son oreille. Elle approuva d'un signe de tête et lui adressa un clin d'œil complice. Puis, sans plus attendre, elle disparut dans la cage d'escalier.

— Je suppose que tu es fier de toi ! s'exclama Anna en le fusillant littéralement du regard.

— Je n'ai rien fait de mal.

— On dirait pourtant que tu affectionnes tout particulièrement cette chambre.

— Que veux-tu dire ? Est-ce ma faute si cette maudite porte s'évertue à me retenir prisonnier ?

— Enfermé dans cette pièce avec une femme à deux reprises en moins de deux jours ! Curieuse coïncidence !

— Veux-tu insinuer que je l'ai fait exprès ?

— Franchement, on est en droit de se le demander.

Sur ces mots, elle se détourna et descendit à toute allure jusqu'au rez-de-chaussée.

— Anna, tu ne vas pas me laisser tout seul ? Je n'ai aucun moyen de locomotion...

Bien décidée à l'abandonner sur place, elle se hissa prestement sur sa moto. C'était compter sans l'agilité de Sam. Avant même qu'elle eût fait démarrer le moteur, il se glissait derrière elle et entourait sa taille avec autorité. Sachant que jamais elle ne parviendrait à le faire descendre, elle engagea son engin sur le chemin de terre qui rejoignait la route. Son habileté à éviter les ornières en pleine nuit démontrait combien l'endroit lui était familier.

Une fois sur le goudron, elle accéléra d'un seul coup. Soulevés par le vent, ses longs cheveux balayèrent le visage de son compagnon. Loin d'être importuné, Sam garda les yeux clos, respirant avec délices l'odeur de son parfum et se laissant griser par la folle vitesse à laquelle Anna avait lancé sa moto.

Soudain, le flash d'une lumière bleutée illumina le rétroviseur. La jeune femme ralentit en reconnaissant le gyrophare d'une voiture de police.

— Bravo ! s'exclama Sam d'un ton ironique. Il ne manquait plus que cela !

— Ne t'en fais pas ! Ce n'est que Bertie. Surtout, tiens-toi tranquille ! Il m'a déjà interpellée des dizaines de fois. Cela ne dure jamais très longtemps. Il me donnera une bonne leçon de morale. Je l'écouterai et présenterai platement mes excuses. Après quoi, il nous laissera partir. Entendu ?

— Comme tu voudras ! répondit-il dans un haussement d'épaules.

Anna coupa le moteur et, les deux pieds à terre, attendit que le policier arrive à sa hauteur.

— Bonsoir, Bertie ! s'exclama-t-elle chaleureusement. Tu es encore de permanence ce soir ?

— Bonsoir, mademoiselle Delacorte. Veuillez descendre de votre véhicule, s'il vous plaît ! Vous également, monsieur Beaumont.

— Mademoiselle Delacorte ? Monsieur Beaumont ? répéta-t-elle dans un éclat de rire. Voilà un ton bien formel !

— Parfaitement, mademoiselle. Ayez l'obligeance de me présenter votre permis de conduire et votre carte grise, s'il vous plaît.

— Mon... ?

Elle fronça les sourcils d'un air préoccupé.

— Qu'est-ce qui ne va pas, Bertie ? Tu sais bien que je ne garde jamais tous ces documents sur moi. Ils sont à l'abri, chez Martha.

— Ainsi, vous admettez conduire sans vos papiers ?

— Tu me vouvoies, maintenant ?

Il se racla la gorge d'un air embarrassé.

— C'est préférable, pendant le service.

Sam observait la scène avec beaucoup d'amusement.

— Mademoiselle Delacorte, vous avez enfreint la loi.

— Seigneur, mais où veux-tu en venir ? Personne sur cette île ne se promène jamais avec ses papiers. Tu le sais aussi bien que moi...

— Et votre casque, où est-il ?

Elle abaissa le regard d'un air contrit.

— Je suis désolée, Bertie. J'étais pressée en quittant la maison et...

— Pressée ? Oui, je l'avais remarqué. Vous rouliez largement au-dessus de la vitesse autorisée.

Apparemment, il se moquait éperdument de ses airs de petite fille prise en faute. Elle décida de changer de stratégie.

— Voyons, Bertie ! fit-elle en lui tapant familièrement l'épaule. Tu ne m'as jamais ennuyée avec...

— Vous seriez très aimable en vous adressant à moi d'une autre manière. Appelez-moi monsieur l'agent, je vous prie !

L'espace d'un instant, Anna resta muette de surprise.

— Comment, toi, mon beau-frère, tu voudrais que je t'appelle...

— Monsieur l'agent, parfaitement.

— Bertram Hinkle, auriez-vous perdu la tête ?

— Pardon ?

— Tu es devenu fou, ou quoi ?

A court d'arguments, Anna prit Sam à témoin.

— Je ne sais vraiment pas ce qui lui prend. Ce doit être le stress lié à la grossesse de Pansy.

Puis, se retournant vers son beau-frère :

— Bertie, c'est à cause de ma sœur, n'est-ce pas ? Que t'a-t-elle fait encore ? Je pourrais peut-être t'aider. De quoi as-tu besoin ? De petits plats cuisinés ? D'une baby-sitter pour sortir le soir ?

— Mademoiselle Delacorte, vous êtes en état d'arrestation.

— Comment ?

Anna n'en croyait pas ses oreilles.

— Excès de vitesse. Conduite sans papiers et sans casque. Tentative de corruption. Veuillez placer vos mains dans votre dos et vous retourner !

— Si c'est une plaisanterie, elle est de très mauvais goût !

Sam songea qu'il était temps d'intervenir.

— Monsieur l'agent, je...

— Je ne vous conseille pas de vous mêler de cette affaire. A moins que vous ne vouliez vous aussi me suivre au poste de police ?

— Tu crois peut-être que je vais te laisser emmener Anna sans rien dire ?

— Je vois, grogna Bertie d'un air buté. Veuillez vous aussi placer vos deux mains dans votre dos !

— Tu n'as qu'une paire de menottes. Comment vas-tu faire ?

— Vous attacher l'un à l'autre. C'est la seule solution.

Sam commençait à trouver la situation plutôt cocasse. Qui avait eu l'idée de cette brillante mise en scène ? Martha ou Pansy ? Les deux femmes souhaitaient depuis toujours les voir réunis.

— Et où nous emmenez-vous, monsieur l'agent ? demanda-t-il sans opposer la moindre résistance.

— Au poste de police.

Il les fit asseoir sur la banquette arrière de sa voiture, s'installa au volant et prit la direction du village. Anna avait les nerfs à vif. Pendant tout le trajet, elle ne cessa de gigoter et de se plaindre. Quand ils arrivèrent à destination, le commissariat était désert. Seul un policier en uniforme gardait l'entrée du bâtiment.

— Je vais vous laisser ici jusqu'à demain matin, déclara Bertie. C'est Rolly qui devra décider de la suite des événements.

— Tu veux dire que nous allons passer la nuit derrière les barreaux ? s'indigna Anna d'un ton rageur. Vas-tu pousser le zèle jusqu'à relever nos empreintes ?

— Non, c'est inutile. Aucun doute ne pèse sur votre identité.

— Laisse-moi téléphoner ! La loi m'autorise à appeler au moins un de mes proches.

— Tu ne vas pas réveiller Martha à une heure aussi tardive ! Tu pourras lui parler demain matin. Ce sera bien assez tôt.

Il leur fit traverser les bureaux pour les conduire à l'arrière du bâtiment. Une rangée de cartons obstruait l'accès de la première cellule.

— Nous venons tout juste de recevoir un nouveau matériel informatique, s'excusa-t-il. Je vais être obligé de vous laisser ensemble.

Quelques instants plus tard, une lourde grille se refermait sur les deux prisonniers.

— Et les menottes ? demanda Sam.

— Je... euh... je viendrai les chercher dans un petit moment.

Cette fois, le jeune homme éclata de rire.

— Tu as raison, il n'y a pas d'urgence.

— Pas d'urgence ! protesta Anna au bord de la crise de nerfs. Comment peux-tu dire une chose pareille ?

— Détends-toi, je t'en prie ! A mon avis, nous ne resterons pas ici très longtemps.

Elle agrippa les barreaux, obligeant son compagnon à redresser brusquement le bras.

— Je ne comprends vraiment pas à quoi rime cette histoire. Bertie a dû perdre la tête.

— Voyant que ses leçons de morale ne menaient à

rien avec toi, il a peut-être décidé de te donner une leçon...

— Mais pourquoi t'arrêter toi aussi ?

Sam avait une petite idée sur la question. Il préféra la garder pour lui.

— Je ne sais pas. Peut-être pour m'empêcher d'aller frapper à la porte de Rolly. Quoi qu'il en soit, il est inutile de t'énerver. Le policier en faction nous a vus arriver. Il va s'empresser d'en informer son supérieur.

Elle balaya d'un regard circulaire la minuscule petite pièce.

— Et pendant ce temps, qu'allons-nous faire ?

— Attachés comme nous le sommes, je ne vois pas très bien.

— Asseyons-nous ! Je crois que nous avons besoin de parler, tous les deux.

Dans un même mouvement, ils se laissèrent tomber sur le matelas adossé contre le mur.

— De quoi veux-tu parler, Anna ?

— De Diana Starr...

Sam soupira d'un air résigné.

— Diana. Et que veux-tu savoir au juste ?

— Tout d'abord... que lui as-tu murmuré à l'oreille avant son départ ?

— Je lui ai promis de l'inviter à notre mariage.

— Oh, très drôle ! Dis-moi la vérité ! Que lui as-tu vraiment dit ?

— Si tu commences à mettre en doute toutes mes réponses, cette conversation est inutile.

— Entendu ! Dis-moi alors pourquoi elle a cette désagréable manie de t'appeler « mon chéri ». Est-elle ta maîtresse ?

— Absolument pas. Diana a la fâcheuse habitude de s'adresser ainsi à tous les hommes. Y compris à son mari.

— Elle est mariée ?

— Depuis de longues années. Et elle est apparemment très heureuse en ménage.

— Alors, pourquoi est-elle venue ici ?

— Elle te l'a dit. Elle voulait me convaincre de rester son associé à Wall Street.

— Y est-elle parvenue ?

— Non.

Anna marqua une pause avant de reprendre.

— Tu as remarqué sa coupe de cheveux ? demanda-t-elle d'une voix radoucie. Plutôt jolie, non ?

Il la regarda d'un air attendri.

— Trop sophistiquée pour moi. Je préfère une coiffure plus naturelle. Comme la tienne...

Elle poussa un soupir impatient.

— Il y a autre chose, Sam, dont nous devons parler tous les deux.

— Quoi encore ? demanda-t-il d'un ton las.

— Eh bien... tu es là depuis deux jours à peine et je... je ne sais plus très bien où j'en suis...

Une telle remarque n'était pas pour déplaire au jeune homme.

— Je suis heureux de constater que je ne te laisse pas indifférente.

— Sam, je commence à regretter ma tranquillité. En vérité, je ne sais pas très bien ce que je veux.

— Tu as eu sept ans pour réfléchir.

— J'ai besoin d'un peu plus de temps.

Il s'adossa contre le mur et resta un instant silencieux.

— Je t'accorde un sursis de quelques jours, déclara-t-il enfin. Dès que nous sortirons d'ici, j'irai chercher mes affaires chez Martha et je m'installerai chez moi.

— Sam, je...

— Mais bon sang, Bertie ! gronda soudain la voix

bourrue de Rolly à l'entrée du couloir. Qu'est-ce qui t'a pris de les enfermer tous les deux ensemble ?

— Il n'y avait qu'une cellule, shérif.

— Ce diable de Beaumont n'a qu'une chose en tête, et toi, tu lui apportes notre petite Anna sur un plateau !

Il se posta derrière les barreaux et examina les deux prisonniers d'un regard soupçonneux.

— Nous n'avons rien fait de mal ! s'empressa d'assurer Anna.

— Tu es sûre que tout va bien ?

— Tout à fait sûre, shérif.

— Je suis vraiment désolé. Bertie a un peu outrepassé ses droits.

— Ne lui en veuillez pas ! Tout cela est ma faute. Je conduisais trop vite, sans casque, et j'avais oublié mes papiers.

— Ce n'est pas très raisonnable, en effet...

— Vous avez raison, fit-elle en baissant les yeux. Je vous promets de ne plus recommencer.

— Dans ce cas, je vais te laisser sortir.

Il adressa à Bertie un signe de la tête.

— Ouvre cette cellule, mon garçon ! Et défais ces menottes !

— Comme vous voudrez, shérif.

— Et Beaumont, pourquoi est-il enfermé lui aussi ?

— Il était avec Anna sur la moto.

— A-t-il fait quelque chose de mal ?

— Euh... non... pas vraiment...

Rolly n'essaya pas de dissimuler sa déception.

— Alors, laisse-le sortir, lui aussi !

— Merci, shérif, fit Sam d'un ton un peu trop courtois pour la circonstance.

— Ne me remercie pas, Beaumont ! Tu ne tarderas pas à te retrouver derrière ces barreaux. Pour une raison valable, cette fois.

Sam le gratifia d'une moue malicieuse.

— Si Anna est de la partie, je serai ravi de répondre à votre invitation. Merci encore, messieurs, j'ai passé grâce à vous une excellente soirée !

Au grand dam d'Anna, Sam mit ses paroles à exécution. A peine arrivé chez Martha, il boucla ses valises et partit s'installer dans sa maison du bord de mer. N'y tenant plus, Anna lui rendit visite au bout de six interminables journées.

D'une démarche hésitante, elle franchit le seuil de la demeure ancestrale des Beaumont.

— Il y a quelqu'un ? demanda-t-elle d'une voix presque timide.

Sam apparut aussitôt dans le hall.

— Anna, quelle bonne surprise !

— Je venais voir si tu avais besoin d'aide. La météo n'est pas très optimiste. Le cyclone qui menaçait la Floride est en train de se déplacer. A ce qu'il paraît, il pourrait bien venir souffler sur notre côte. Ici, tu es aux premières loges.

— Oui, je suis au courant et je m'y suis préparé.

— Tu n'as besoin de rien ? demanda-t-elle encore.

— Non, je crois que j'ai bien travaillé. Je suis fin prêt pour affronter la tempête. Le hors-bord lui-même est en parfait état de marche.

Il la conduisit dans le hangar pour lui montrer le soin qu'il avait pris du vieux bateau.

— Regarde, il est comme neuf ! s'exclama-t-il fièrement en passant une main sur la coque étincelante.

— Parfait ! Eh bien, me voilà rassurée !

Ne trouvant plus aucune raison de prolonger sa visite, elle marcha lentement vers la sortie, en espérant dans son for intérieur qu'il tenterait de la retenir. Comme il ne disait rien, elle marqua une halte et revint sur ses pas.

— Sam, avant de partir, je voudrais m'excuser.

Il haussa les sourcils en signe d'étonnement.

— T'excuser ? Mais pourquoi ?

— Pour le mal que je t'ai fait il y a sept ans. Jamais je n'aurais dû lancer les Mousquetaires à tes trousses.

— Tu le regrettes aujourd'hui ?

— Je le regrette depuis bien longtemps. Et je commence à avoir peur, Sam...

— Peur de ma vengeance ?

Elle secoua lentement la tête.

— Non, car je sais que tu ne me feras jamais aucun mal. C'est pour toi que je tremble.

— Pour moi ?

La porte du hangar se referma d'un coup sec mais, absorbés dans leur conversation, les deux compagnons n'y prêtèrent pas attention.

— Depuis que tu es revenu parmi nous, les bruits les plus ignobles circulent à ton sujet. Les gens s'inquiètent pour moi, persuadés que tu entends me faire payer ce qui s'est passé autrefois. Tu es ici loin de tout. Je crains pour ta sécurité.

Le hangar était plongé dans la pénombre. Sam voulut rouvrir la porte pour laisser entrer un peu de lumière. Sous la pression de ses doigts, le loquet refusa de se soulever. Intrigué, il tenta de le relever avec la force de ses deux mains. En vain.

— C'est impossible, murmura-t-il en se redressant.

— Qu'y a-t-il ? demanda Anna.

— Tu ne vas pas le croire. Nous sommes une nouvelle fois enfermés !

7.

Anna le considéra d'un air incrédule.

— Que dis-tu ?

Sam haussa les épaules.

— Tu m'as très bien entendu. Nous sommes enfermés. Emprisonnés. Ou séquestrés, si tu préfères.

— Toutes ces histoires frisent le ridicule. Je vis sur cette île depuis vingt-cinq ans et jamais il ne m'est rien arrivé de semblable !

Puis, d'un air profondément suspicieux, elle ajouta :

— Tous ces incidents se sont produits depuis ton arrivée. Curieuse coïncidence, tu ne trouves pas ?

Le visage du jeune homme se fit l'innocence même.

— Tu ne m'accuses tout de même pas de les avoir provoqués ?

Elle le connaissait suffisamment bien pour ne pas douter de sa sincérité.

— Il doit pourtant bien y avoir une explication, soupira-t-elle. Mais laquelle ?

— C'est une question intéressante. Et je céderais volontiers un ou deux portefeuilles d'actions pour en connaître la réponse.

— Tu dois bien avoir une petite idée...

— Oh, des idées, je n'en manque pas ! Mais je n'ai aucune preuve.

87

Elle se tourna en direction de la porte. La nuit n'allait pas tarder à tomber. Martha était couchée depuis longtemps. Qui s'inquiéterait de leur absence avant le lendemain ?

— Combien de temps devrons-nous patienter cette fois encore ? demanda Anna avec lassitude.

Bien incapable de répondre, Sam s'installa confortablement sur une pile de vieux sacs de jute. Anna eût aimé partager son calme. Malheureusement, elle ne parvenait pas à se raisonner. Au lieu de se résigner sagement à l'attente, elle courut se jeter contre le battant et le martela de violents coups de poing.

— Au secours ! cria-t-elle. A l'aide ! N'y a-t-il donc personne dans les environs pour venir nous ouvrir cette maudite porte ?

— C'est inutile, Anna. Tu vas te...

— Aïe !

— Tu vas te faire mal...

Elle replia vivement la main contre sa poitrine.

— Tu t'es blessée ? demanda-t-il avec la douceur d'un adulte s'adressant à une petite fille.

Avec une grimace de douleur, elle desserra doucement les doigts.

— J'ai une écharde énorme entre le pouce et l'index.

Il s'approcha et proposa de l'aider.

— Montre-la-moi ! Je l'enlèverai tout doucement.

— Je suis tout à fait capable de m'en occuper toute seule !

— Je doute que tu y parviennes avec ta main gauche. Il faut l'extraire entièrement, sans quoi tu risques une infection.

— Docteur Beaumont, épargnez-moi vos conseils médicaux ! Je suis assez grande pour savoir ce que j'ai à faire.

Las de ces bavardages inutiles, il lui saisit le bras d'autorité et l'entraîna sous un faible rai de lumière qui filtrait encore à travers les planches disjointes formant le mur du vieux hangar.

— Il faut savoir se rendre à l'évidence, Anna, fit-il en essayant de la distraire de son mal. Ce qui nous arrive n'est certainement pas le fruit du hasard.

Elle le regarda sans comprendre.

— Que veux-tu dire ?

— Attention, ne bouge pas !

Il lui serra la main avec force pour l'empêcher de remuer.

— Voilà, c'est fait ! Tu te sens mieux ?

— Oui, merci.

Elle porta l'égratignure à ses lèvres pour tenter d'atténuer la douleur.

— Explique-toi ! demanda-t-elle encore. Tu crois vraiment que le hasard est étranger à cette nouvelle mésaventure ?

— Oui, je suis persuadé que nous sommes victimes d'un complot.

— Un complot ? répéta-t-elle comme dans un écho. Tu veux dire que quelqu'un nous aurait enfermés ici volontairement ?

— J'en suis certain. Ils ont commencé par nous piéger à l'intérieur de la maison. Ensuite, ils ont siphonné le réservoir d'essence de ton bateau. Puis ils ont saboté la serrure de la chambre que j'avais pourtant réparée. Sans oublier l'arrestation grotesque dont nous avons été victimes. Et aujourd'hui encore, ils récidivent. Tout cela a de quoi nous mettre la puce à l'oreille, tu ne trouves pas ?

— Il est vrai que cette succession d'événements insolites me paraissait étrange. Mais je pensais...

— Qu'il s'agissait d'accidents fortuits ? De simples coïncidences ?

— Je ne suis pas soupçonneuse de nature. Qu'est-ce qui te fait penser que ces actes sont délibérés ?

— Réfléchis un peu, Anna ! La porte du hangar n'a pas pu se refermer toute seule. Il n'y a pas un souffle d'air aujourd'hui. Et le loquet ne s'est pas bloqué par l'opération du Saint-Esprit...

— Mais qui pourrait s'amuser à nous importuner de la sorte ?

— Comme je te l'ai dit tout à l'heure, j'ai ma petite idée sur la question.

Incapable de rester en place, Anna arpentait le hangar de long en large.

— A qui penses-tu ? demanda-t-elle.

— A mon avis, il s'agit de la personne qui m'a roué de coups il y a sept ans. Tu t'en souviens ? La nuit où les Trois Mousquetaires m'ont si gentiment chassé de l'île...

Elle se figea devant lui.

— Quoi ? Peux-tu répéter ce que tu viens de dire ?

— Aurais-je omis de mentionner ce détail ? fit-il d'un air faussement innocent.

— Tu ne m'as jamais parlé de cela. Sam, es-tu sérieux ? Quelqu'un t'aurait frappé cette nuit-là ?

— Tu l'ignorais ?

— Bien sûr que oui ! Pourquoi me l'as-tu caché ?

Un flash fulgurant traversa son esprit : un poing violent s'abattait sur la nuque de Sam. Puis la vision fut brouillée par des taches de sang et Anna reconnut le visage meurtri du jeune homme, abandonné sans pitié à un sort tragique sur le pont du ferry. Un terrible sentiment de culpabilité lui serra le cœur et des larmes se mirent à rouler sur ses joues. Ses poumons se contractèrent brusquement comme si un étau lui resserrait brusquement la poitrine.

— Sam !

Elle ouvrait la bouche mais l'air refusait de pénétrer dans sa gorge.

— Sam, je... je ne peux plus respirer... j'étouffe !

Il se porta aussitôt à son côté et lui caressa doucement les cheveux.

— Calme-toi, je t'en prie ! Tout cela s'est passé il y a très longtemps. Et je me porte très bien aujourd'hui.

— Ils... ils t'ont... blessé...

De violents sanglots entrecoupaient ses mots.

— Pourquoi ont-ils cherché à te faire du mal ?

— Les hommes ne se contrôlent pas toujours lorsqu'ils sont en colère.

— Ils n'avaient aucune raison de te frapper. Je leur avais clairement expliqué que tout était ma faute et que mon père m'empêchait de partir.

Elle sortit un mouchoir en papier de sa poche et s'essuya les yeux d'une main tremblante.

— Je les avais chargés de te transmettre un message, c'est tout.

— Apparemment, ils ont mal interprété tes paroles.

— Que s'est-il passé exactement, Sam ?

Son émotion cédait peu à peu le pas à une sourde colère. Elle voulait connaître toute la vérité.

— Qui t'a frappé ?

— Ils m'ont d'abord amené de force sur le pont du ferry. Ensuite, ils sont partis. Quelques minutes plus tard, quelqu'un m'a attaqué.

— Qui était-ce ?

— Je l'ignore. Il faisait nuit et le lâche est arrivé par-derrière. Il m'a labouré de coups de poing. Comme j'étais attaché, je ne pouvais pas me défendre.

Anna était accablée de remords.

— Oh, Sam ! Je suis vraiment navrée. Je n'ai jamais voulu cela...

— Cette histoire appartient au passé. D'ailleurs, tu n'es pas responsable. Ta requête leur a servi de prétexte pour assouvir je ne sais quelle vengeance.

— Tu soupçonnes l'un des Trois Mousquetaires, n'est-ce pas ?

— Le déroulement des événements semble les accuser. Mais ils ne sont pas prêts à reconnaître leur forfait. Lorsque je suis revenu sur l'île, je leur ai directement posé la question. Ils ont nié avoir participé à mon agression.

— Tu les as crus ?

— Sur le moment, oui.

— Et puis tu as changé d'avis ?

Sam approuva d'un signe de tête.

— Je leur avais clairement demandé de ne pas se mêler de mes affaires. Or, depuis mon retour, je ne cesse de les trouver sur mon chemin et chaque fois que nous sommes ensemble, toi et moi, ils accourent comme un seul homme pour t'arracher à mes griffes. Comme si j'étais le diable incarné !

Anna essaya de leur trouver des excuses.

— Ils ont peur que tu me déshonores. Cela part d'un bon sentiment.

— Ils se moquent éperdument de mes menaces.

— Des menaces ?

— Oui, j'ai tenté de les intimider en promettant quelques révélations sur leur compte s'ils essayaient de me créer des ennuis.

— Quel genre de révélations ? demanda encore la jeune femme.

— Oh, des secrets qui concernent des habitants de l'île et qu'ils préfèrent de pas étaler au grand jour !

— Lequel des trois soupçonnes-tu de t'avoir maltraité ?

92

— Je n'ai malheureusement aucun élément de réponse. Le shérif me paraît tout désigné. C'est lui qui manifeste le plus d'hostilité à mon égard. Et puis je vois mal le maire ou Ben agir avec tant de violence.

— Rolly n'est pas non plus un mauvais bougre. En tout cas, ce n'est pas un lâche.

Sam s'accorda un instant de réflexion.

— Il doit y avoir un lien entre la nuit de mon départ et la série d'incidents dont nous sommes victimes depuis mon retour. Quelque chose me dit que si nous découvrons l'identité de celui qui s'évertue à nous emprisonner, nous découvrirons du même coup l'identité de mon agresseur.

— Comment cela ? s'étonna Anna.

— Je suis sûr que cet homme a envie de se faire pardonner. Connaissant mes intentions à ton égard, il essaie de nous rapprocher. En m'aidant à te compromettre, il espère obtenir mon indulgence.

— Es-tu prêt à la lui accorder ?

— Non.

Le peu de lumière qui filtrait encore dans le hangar permit à Anna de distinguer l'éclair rageur qui traversa à cet instant le regard de son compagnon.

— Lorsque je connaîtrai le nom de celui qui m'a roué de coups, je l'inscrirai en second sur la liste de ceux dont j'entends me venger.

La dureté de sa voix l'effraya. Apparemment, la clémence n'était pas la première de ses qualités.

— C'est moi, n'est-ce pas, la première de la liste ? risqua-t-elle d'une voix chancelante.

— Ta punition sera douce, Anna. Tu n'as rien à craindre de moi.

Sans beaucoup d'espoir, elle avança jusqu'à la porte et tenta une nouvelle fois de l'ouvrir. Puis, forcée de se rendre à l'évidence, elle pivota sur ses talons et s'adossa contre le battant.

— Il est probable que personne ne viendra à notre secours avant demain matin, observa-t-elle timidement. Tout le monde saura que nous avons passé la nuit ensemble. Ma réputation sera détruite. Que feras-tu ensuite ?

— Tu n'as aucune idée à ce sujet ?

Comme elle ne savait que répondre, elle préféra éluder sa question.

— As-tu vraiment l'intention de t'installer définitivement sur l'île ?

Il s'empara d'une pile de sacs et les lança dans la cale du bateau.

— Oui, ma décision est prise, et tu le sais bien. Cela n'a pas l'air de te réjouir...

— L'avenir me fait peur, Sam.

— Tu n'as pas confiance en moi ?

— Il ne s'agit pas seulement de nous. Quel sort réserves-tu à l'homme qui t'a attaqué la nuit de ton départ ? Et que feras-tu s'il tente de nouvelles représailles contre toi ?

Une autre pile de sacs atterrit dans le fond du hors-bord.

— Je ne sais pas encore. Cela dépendra sans doute de son identité. Mais une chose est sûre : ma vengeance envers lui sera ininfiment moins agréable que celle que je te réserve !

Désormais obligée de se résoudre à l'inéluctable, Anna jugea inutile de lui répondre. Elle baissa les paupières et écouta le clapotis apaisant des vagues qui venaient se briser au pied du vieux hangar. Le chant des criquets se mêlait au vacarme des grenouilles, interrompu çà et là par le cri lugubre d'une chouette.

— Enfant, j'associais toujours le hululement des oiseaux de nuit à l'image des fantômes...

Elle parlait nerveusement, cherchant non sans peine à meubler le silence qui régnait sur leur tête-à-tête. Conscient de ses inquiétudes, Sam tenta avec humour de détendre l'atmosphère.

— J'ose espérer que tu ne me prends pas pour un spectre, fit-il d'un ton léger. Crois-moi, l'homme que tu as devant toi aujourd'hui n'a rien d'une apparition. Je suis un être de chair et de sang et j'ai la ferme intention de te le prouver !

Il lui tendit la main pour l'inviter à le rejoindre.

— Viens, Anna !

Elle avança dans sa direction d'une démarche mal assurée.

— Sam, rien ne m'oblige à me soumettre à ta volonté.

— Nous sommes faits l'un pour l'autre. Pourquoi s'évertuer à lutter contre le destin ?

Arrivée à proximité, elle marqua une halte.

— Je croyais que tu refusais l'amour physique avant le mariage. Aurais-tu oublié les leçons de ton enfance ?

— Cesse de t'inquiéter, Anna ! Et essaie d'assumer les conséquences de tes actes ! J'ai volontairement espacé nos rencontres. Toi, tu joues avec le feu. A quoi t'attendais-tu en venant me trouver ?

— Je voulais simplement prendre de tes nouvelles.

— Et tu pensais que j'allais te laisser repartir comme tu étais venue ? Sans exiger de toi ce que j'attends depuis si longtemps ?

— M'aurais-tu retenue si la porte du hangar ne s'était pas refermée ?

Sa question le prit au dépourvu.

— Je ne sais pas, avoua-t-il en toute franchise.

— Alors, laisse-moi tranquille !

Il secoua la tête avec détermination.

— Pas question !

— Que va penser Martha?

— Elle attend cela depuis des années...

Coupant court à la discussion, il franchit d'un pas la distance qui les séparait et la serra d'autorité dans ses bras.

— Tu n'as pas le droit! se défendit la jeune femme.

— Je t'en supplie, Anna! Cesse de me donner le mauvais rôle! Mon supplice a duré sept longues années. T'es-tu jamais souciée de l'enfer qu'a représenté mon exil?

A ces paroles, elle cessa de lutter et, conquise, laissa tomber la tête contre son épaule.

— Sam?

Sa voix n'était plus qu'un souffle.

— Qu'y a-t-il? demanda-t-il en caressant doucement ses épais cheveux blonds.

— Je n'ai pas le pouvoir de t'empêcher d'agir selon ta volonté. Tu dois savoir que je n'ai jamais eu d'amant. Alors, montre-toi tendre avec moi!

— Je n'ai pas l'intention de te brusquer, Anna. Tu es ce que j'ai de plus cher au monde...

Il s'installa à l'intérieur du hors-bord et l'invita à le rejoindre.

— Ce n'est pas très confortable, mais j'ai connu bien pire autrefois.

— Vraiment? fit-elle en s'asseyant près de lui.

— Oui, avant d'aller vivre chez Martha. Mes parents se querellaient toutes les nuits. Alors, plutôt que de supporter leurs cris, j'allais dormir sur la plage.

— Je l'ignorais.

Jamais il ne lui avait parlé de sa famille et lorsque le sujet tombait dans la conversation, il s'empressait de parler d'autre chose.

— Je sais que ta mère est morte lorsque tu avais dix ans. Et ton père, que lui est-il arrivé?

96

— Un beau jour, il a disparu.

— Tu n'as pas cherché à le retrouver?

— Non. Et il ne s'est jamais inquiété de moi. Il m'a tout bonnement abandonné.

— Je suis désolée.

Il lui prit la main pour y déposer un baiser.

— Toutes ces histoires font partie du passé, Anna. Avec toi, c'est le présent qui m'importe.

Passant un doigt sous son menton, il l'obligea à le regarder.

— Que vas-tu me faire, exactement? demanda-t-elle avec appréhension.

— Pour commencer, je vais t'embrasser.

Les baisers de Sam ne lui faisaient pas peur. Mais jusqu'où les conduiraient-ils?

— Et après?

— Eh bien, je pensais peut-être déboutonner le haut de ta robe.

Elle avala sa salive avec difficulté.

— Et... après?

Il fit rouler une longue mèche autour de ses doigts.

— Comment savoir? Peut-être aurai-je envie de te dévêtir entièrement...

— Ce n'est pas une bonne idée...

— Tu crois?

Elle secoua énergiquement la tête.

— J'en suis certaine!

— Mais alors, comment parviendrai-je à mes fins si je n'ai pas le droit de te déshabiller? Ma vengeance ne saurait se contenter d'un chaste baiser.

— Et si je refusais de me soumettre à ta volonté? Si je te résistais? Imagine un instant que je me mette à crier!

— Tu ne le feras pas, murmura-t-il le plus tranquillement du monde. Mes baisers t'ont-ils jamais mise dans un tel état?

— Euh... non, confessa-t-elle.

Comme pour illustrer ses propos, il effleura sa tempe du bout des lèvres.

— Et le jour où je t'ai déshabillée sur le banc de sable de Point Doom, tu ne m'as pas semblé particulièrement ennuyée.

— C'est vrai. Jusqu'au moment où les Trois Mousquetaires ont fait leur apparition...

— Quelque chose me dit qu'ils ne viendront pas à ton secours cette nuit...

Cette voix enrouée, vibrante de désir, était-elle bien la sienne ?

— Je... Il ne faut pas... Pourquoi moi, Sam ? Il y a sur cette île tant de femmes qui ne demanderaient qu'à se jeter à ton cou !

— C'est toi que je veux, Anna. Toi et aucune autre, dit-il en caressant tendrement sa joue.

— As-tu seulement songé à l'avenir ? Comment oseras-tu poser les yeux sur moi ?

— Demain sera semblable à aujourd'hui, Anna. Et je te garderai toujours auprès de moi.

Elle affronta de nouveau son regard et le sonda avec intensité. Quel sens devait-elle donner à ses paroles ? Depuis la regrettable nuit où les Trois Mousquetaires avaient chassé Sam de l'île Delacorte, elle avait renoncé à tout espoir de vie commune avec lui.

Soudain, il changea d'attitude. Soucieux de ne pas la brusquer, il décida de lui accorder quelques heures de sursis.

— Il est tard, maintenant. Allonge-toi ! Nous allons dormir tendrement dans les bras l'un de l'autre et demain matin, tu seras mienne...

8.

Le lendemain matin, le vent s'était levé et l'atmosphère lourde et humide laissait présager un orage imminent. Sam s'étira doucement.

— Que fais-tu? demanda Anna d'une voix à peine éveillée.

— J'enlève ma chemise...

Il s'allongea à son côté, la fit rouler sur le dos et l'attira tout contre lui.

— Le moment est venu de s'aimer, ma chérie...

Puis, sans prévenir, il prit furieusement possession de ses lèvres, dans une étreinte brûlante et impérieuse qui lui coupa le souffle. Revenue de sa surprise, elle passa une main derrière sa nuque et lui rendit son baiser avec passion. Mais, au moment où il dégrafait le dernier bouton de sa robe, elle perçut des bruits de pas à l'extérieur du hangar. Affolée, elle se débattit pour échapper à son étreinte et tenta précipitamment d'enjamber la rambarde du hors-bord. Comme il n'avait rien entendu, le jeune homme refusa de la libérer et lui agrippa fermement la cheville.

— Anna, fais attention! Tu vas nous faire chavirer...

A peine avait-il parlé que la coque basculait sur le côté, projetant sur le sol poussiéreux ses deux occupants. Anna tomba sur le dos et le corps de Sam la recouvrit aussitôt. Au même instant, la porte s'ouvrait à grand fracas, dévoilant aux visiteurs un spectacle des plus édifiants.

— Anna, tu vas bien ?

— Oui, Bertie, ne t'inquiète pas !

Puis, il se retourna d'un air triomphant.

— Elle est là ! cria-t-il à l'adresse de ses compagnons. Et Beaumont aussi. Il est parvenu à ses fins, les gars. Allez chercher le pasteur ! Il faut les marier tout de suite !

Eblouie par la vive lumière qui pénétrait dans le hangar, la jeune femme se frotta les yeux et tenta de protester.

— Calmez-vous, je vous en prie ! Je jure qu'il ne s'est rien passé. Nous n'avons absolument pas... Enfin, je veux dire que...

Tout en parlant, elle essayait de se libérer des bras de Sam. Sans s'émouvoir, celui-ci continuait à la caresser.

— Arrête ! ordonna-t-elle furieusement à son oreille. Nous n'avons rien fait de mal. Tu tiens vraiment à leur laisser croire le contraire ?

— Nous étions tout près d'accomplir l'irréparable, observa-t-il tranquillement.

— Oui, mais je te répète que nous ne l'avons pas fait. Alors maintenant, laisse-moi partir !

A contrecœur, il s'exécuta et, las de tant de complications, il se dirigea d'un pas lent à l'extérieur du hangar. Aussitôt un groupe d'hommes forma un cercle autour de lui. Craignant le pire, Anna s'empressa de les rejoindre.

— Laissez-le tranquille ! ordonna-t-elle. Il est innocent.

Bertie s'approcha, le visage cramoisi.

— Si tu veux paraître crédible, mets un peu d'ordre dans ta tenue ! murmura-t-il à voix basse.

A la hâte, Anna resserra les deux pans de sa robe.

— Ne vous méprenez pas... Il ne s'est absolument rien passé entre nous! bredouilla-t-elle encore.

Franchement amusé par le comique de la situation, Sam éclata de rire.

— Inutile d'insister, Anna! Dans l'état où tu es, personne ne te croira.

Certes, les apparences ne jouaient pas en sa faveur. Ses cheveux emmêlés retombaient en désordre sur ses épaules nues. Sa robe était fripée. Pire, elle avait l'impression de porter sur ses lèvres enflammées les traces des baisers de Sam.

Comme dans un mauvais rêve, elle vit le pasteur arriver à grands pas.

— Ma fille, à en croire ces messieurs, tu aurais commis un grave péché...

Bertie ne lui laissa pas le temps de répondre.

— Oui, révérend, il faut les marier sans attendre.

— Ce n'est pas nécessaire, insista-t-elle encore.

Les canons menaçants de six fusils de chasse convergèrent en direction de Sam.

— Permets-moi de te contredire, Anna! Il nous faut choisir entre un mariage et un enterrement. Personnellement, j'opte pour la première solution.

— Mais puisque nous n'avons rien fait de mal!

Le shérif la gratifia d'un regard infiniment soupçonneux.

— Tu voudrais nous faire croire que vous avez passé la nuit à bavarder bien sagement?

— Nous avons dormi.

— Nous nous sommes aussi embrassés, glissa subrepticement Sam.

— Mais nous en sommes restés là, s'empressa-t-elle d'ajouter.

— Eh bien, en fait... pas tout à fait, renchérit Sam.

101

Mais est-il bien nécessaire d'entrer dans les détails ? Après tout, notre vie privée ne regarde que nous !

— Tout cela est ridicule ! s'indigna la jeune femme. Comment puis-je vous convaincre de...

Le maire intervint à son tour.

— Cesse de nier l'évidence, Anna ! L'état de ta robe est suffisamment éloquent. Devant un tribunal, il constituerait une preuve irréfutable de ta culpabilité. Ben, retourne à la mairie et reviens avec un certificat de mariage !

— C'est inutile ! décréta Anna. Je refuse absolument de me marier !

Personne n'accorda la moindre attention à ses paroles. Bertie lui prit la main et l'entraîna à l'écart.

— Cesse de tè conduire comme une gamine ! Depuis l'âge de quatre ans, tu rêves de devenir la femme de Beaumont. De quoi te plains-tu ? Votre union rétablira la paix sur l'île. Maintenant qu'il a obtenu ce qu'il voulait, Sam ne cherchera plus à assouvir sa vengeance.

Il sortit un peigne de sa poche.

— Arrange un peu ta coiffure !

— Je suis très bien comme cela.

— Tu changerais d'avis si tu pouvais te regarder dans une glace.

Elle repoussa avec impatience le peigne qu'il lui tendait.

— Allez-vous bientôt cesser de me dicter ma conduite ?

Bertie haussa les épaules.

— Pendant toutes ces années, tu as été un modèle pour les habitants de l'île. Aujourd'hui, c'est à toi de nous écouter.

— Je veux rentrer chez Martha. Je t'en prie, Bertie, ramène-moi à la maison !

— Pas question! Tu ne bougeras pas d'ici avant la cérémonie.

— Bertie, emmène-moi! C'est un ordre!

Celui qui avait toujours respecté son autorité refusa cette fois de lui obéir.

— Désolé, Anna! Rolly m'a chargé de t'escorter personnellement jusqu'à la chapelle.

— Sans même me laisser le temps de me changer?

— Tu es très bien ainsi.

Son mensonge avait quelque chose de pathétique.

— Très bien, soupira Anna. J'irai à l'église avec toi, puisque tout le monde en a décidé ainsi. Mais cela ne veut pas dire que je me marierai.

— Je ne pense pas que tu aies le choix. Tu es une Delacorte. Les gens de l'île ne comprendraient pas que tu refuses de te conformer aux règles de la morale. Surtout toi, Anna...

En quelques mots, Bertie avait parfaitement résumé la situation. La mèche de cheveux violette, la moto et les excès de vitesse, les tenues parfois un peu négligées... Rien de tout cela n'avait d'importance. Aux yeux de ses concitoyens, elle restait une Delacorte. De plus, son statut d'institutrice la plaçait au-dessus du commun des mortels. Anna avait pourtant une bonne raison de refuser d'épouser Sam. Mais elle était seule à la connaître. La nuit où le jeune homme avait été chassé de l'île, son père lui avait fait des révélations sur ses origines. Des révélations qui l'avaient fait renoncer à tout espoir de vie commune avec celui qu'elle aimait...

Mais comment pouvait-elle aujourd'hui s'opposer à la volonté de tout un village?

D'ailleurs, elle n'eut pas le loisir de protester davantage. Escortée par tous les notables de l'île, elle fut conduite jusqu'à la sacristie de la petite chapelle. Le certificat de mariage était déjà prêt, dûment rempli par Pansy. Elle n'avait plus qu'à signer. Jouant à la perfection le rôle d'un père outragé, le maire était penché au-dessus d'elle, épiant le moindre de ses gestes. D'une main tremblante, elle apposa sa signature au bas du document. Une fraction de seconde plus tard, l'imprimé était validé du cachet de la mairie.

— Voilà une bonne chose de faite ! déclara le shérif en invitant ses compagnons à sortir de la pièce.

La jeune femme resta seule un instant, tentant désespérément de remettre un peu d'ordre dans ses pensées. Depuis que la porte du hangar s'était brusquement ouverte ce matin-là, les événements s'étaient succédés à une vitesse effroyable. Tout se mêlait dans son esprit : la voix sévère de Bertie, les rires déplacés de Sam, l'arrivée du prêtre, les sermons du shérif... Malgré tous ses efforts, elle n'avait pu faire entendre ses protestations.

Quelques minutes plus tard, Pansy faisait son apparition dans la petite pièce. Sa coiffure était inhabituellement ébouriffée.

— Le vent s'est levé, expliqua-t-elle. Il doit souffler à plus de cent kilomètres à l'heure. Il n'est pas impossible que l'ouragan se rapproche de nos côtes.

Puis, remarquant le visage bouleversé de sa sœur, elle lui offrit un sourire affectueux.

— Le grand jour est arrivé, Anna.

Celle-ci détourna la tête d'un air sombre.

— Je refuse de me prêter à ce jeu ridicule !

— Ne dis pas de bêtises !

Et, comme si ces quelques mots suffisaient à clore la discussion, elle lui tendit un petit carton et un bouquet agrémenté d'un joli ruban blanc.

— Tu trouveras dans cette boîte le voile que j'ai porté le jour de mon mariage. Martha a cousu quelques fleurs sur le diadème.

— Elle n'a pas perdu de temps !

— Oui, c'est que... En réalité, depuis le retour de Sam, tout le monde s'attendait à cette cérémonie...

Anna la considéra d'un air incrédule.

— Comment ça, tout le monde ?

— Bien sûr ! Au pub du villlage, chacun a parié sur le jour et l'heure de ce grand événement. Des sommes considérables sont en jeu. Tu ne savais pas ?

Abasourdie, Anna secouait lentement la tête.

— D'ailleurs, pousuivit Pansy, tu me rendrais un fier service en retardant un peu le début de la cérémonie. Tu comprends, il n'est que 9 h 30. J'ai parié cinquante dollars sur 10 heures. Pour moi, c'est une petite fortune.

— J'ai l'impression de vivre un mauvais rêve. Tout cela est insensé !

— Réveille-toi, petite sœur ! Tu sais bien que je ne plaisante jamais avec les histoires d'argent !

Pansy ouvrit la boîte et disposa le voile sur les cheveux d'Anna.

— Je vais arranger un peu ta coiffure, et tu seras magnifique. Malheureusement, j'ai oublié de t'apporter des vêtements de rechange. Je ne sais pas où j'ai la tête en ce moment...

— Cesse de te fatiguer inutilement, Pansy ! Je n'ai aucune envie de me coiffer, ni de me changer. Je veux rentrer à la maison !

— Il fallait y penser avant. Ce que tu as fait avec Sam cette nuit doit être réparé.

Anna dut faire appel à toute sa volonté pour ne pas se mettre à hurler.

— Je n'ai rien fait avec Sam cette nuit ! Nous avons bavardé, c'est tout.

— Vraiment ? Et moi qui le prenais pour un homme d'action ! Je suis déçue.

— Je suis sûr qu'il va trouver le moyen d'interrompre cette mascarade.

— A ta place, je ne compterais pas trop sur lui.

— Mais vous ne comprenez donc rien ! Il est revenu pour se venger de moi, pas pour m'épouser !

— Peut-être. Quoi qu'il en soit, avec tous ces fusils pointés sur lui, je doute qu'il refuse de se soumettre à la volonté générale.

Elle s'interrompit pour disposer avec soin le diadème au-dessus du voile.

— J'ai déjà vu des mariées plus soignées que toi, mais jamais je n'en ai vu d'aussi jolies !

— Pansy...

— Ne dis plus un mot ! Embrasse-moi et va vite retrouver l'homme que tu aimes ! Il y a tant d'années qu'il attend cet instant...

— On croirait entendre Martha.

— Merci, petite sœur. Cela me fait plaisir.

Elle l'embrassa tendrement sur le front.

— Maintenant, tiens-toi prête ! Je vais annoncer à tout le monde ton arrivée.

— Tout le monde ?

— La chapelle est pleine à craquer. Tu penses bien que personne au village ne voudrait manquer pareil événement !

Anna la regarda partir d'un air hébété. Son propre avenir était en jeu et tout se déroulait comme si elle n'avait pas voix au chapitre. L'espace d'un instant, elle songea à prendre la fuite. Mais comment ? La petite pièce ne comptait pas la moindre fenêtre et sa seule issue donnait directement accès à la chapelle.

Elle aspira une longue bouffée d'air et sortit de la sacristie. En s'ouvrant, le battant de la porte heurta le mur avec fracas. Tous les yeux convergèrent dans sa direction.

Pansy n'avait pas menti. Une foule compacte était entassée sur les bancs, composée de tous les membres de sa famille, de ses voisins, de ses amis et de vagues connaissances. Tous affichaient un sourire radieux.

A contrecœur, elle avança en direction de l'autel et marqua une pause à mi-chemin. Toute cette histoire était absurde. Pour quelle obscure raison se trouvait-elle en ce moment sur le point de prononcer des vœux de mariage ? Pourquoi les quelques heures passées avec Sam Beaumont dans le vieux hangar à bateau l'obligeaient-elles à le prendre pour époux ?

— Eh bien, Anna, qu'est-ce que tu attends ? fit la petite voix aiguë de Rosie Hinkle.

— Je réfléchis...

— C'est un peu tard, observa Sam qui l'attendait impatiemment dans le sanctuaire. Tout le monde t'attend. Dépêche-toi, qu'on en finisse une bonne fois pour toutes !

— Comme c'est romantique !

Puis, dans une ultime tentative :

— Après tout, rien ne m'oblige à accepter ce mariage...

Excédé, Sam vint à sa rencontre et la prit fermement par la main.

— Tu préférerais que tes charmants protecteurs me jettent en prison ?

— Réflexion faite, ce ne serait peut-être pas une si mauvaise idée...

— C'est très gentil à toi.

Des rires commençaient à fuser dans l'assemblée.

— Allez, viens ! Cette comédie a assez duré et je n'aime pas du tout me donner en spectacle !

Elle se planta sur ses talons, résolue à ne plus avancer.

— Je n'irai nulle part, décréta-t-elle d'un ton sans réplique.

Excédé, Sam la lâcha sans prévenir. Elle perdit l'équilibre et tomba lourdement sur les dalles de la petite chapelle. Le ruban de son bouquet se dénoua et sa couronne de fleurs roula loin d'elle. Au bord des larmes, elle murmura :

— Je n'ai pas voulu cela, Sam. A quoi bon ce mariage ?

Il se pencha et l'aida à se relever.

— Si tu ne le fais pas pour toi, accepte-le pour le bien de Ben, du shérif et du maire de cette ville ! En m'épousant, tu leur sauves la mise. Car si tu deviens ma femme aujourd'hui, je renoncerai à ma vengeance.

— Je ne céderai pas à un chantage aussi ignoble.

— Réfléchis bien, Anna ! Car tu risques fort de le regretter.

— Sam Beaumont, le temps des pirates est depuis longtemps révolu. Au XXe siècle, on n'oblige pas une femme à se marier contre sa volonté.

Perdant patience, il la souleva par la taille et la hissa sur son épaule comme une poupée de chiffon. La tête en bas, Anna se mit à battre furieusement des bras et des jambes. Mais Sam resta intraitable.

— Si tu persistes dans ton refus, va t'expliquer devant le pasteur ! J'en ai assez de voir tous ces fusils pointés dans ma direction et je ne risquerai pas ma vie à cause de ton entêtement stupide !

Sous les applaudissements de la foule, il remonta l'allée d'un pas décidé et déposa Anna sans ménagement devant l'autel.

— Cette fois, c'en est trop, Beaumont ! s'indigna-t-elle en replaçant son voile sur sa tête.

Elle pivota sur ses talons et brava courageusement les sifflets de l'assemblée.

— Vous tous qui êtes mes amis, vous allez venir à

mon secours et mettre un terme à cette sinistre mascarade...

— Sûrement pas ! coupa Rosie Hinkle. Tu as toujours prétendu que les adultes devaient montrer l'exemple aux plus jeunes. Aujourd'hui, c'est à toi d'appliquer tes belles paroles !

La pauvre Anna tenta une dernière fois de plaider non coupable.

— En dépit des apparences, Sam et moi n'avons rien fait de mal. Je suis sans doute la seule jeune femme encore pure et innocente de cette île.

— C'est faux ! rétorqua Rosie. Ma petite Alice est un modèle de sagesse.

— Ce n'est pas l'avis de mon fils, glissa le maire d'un ton malicieux.

La pauvre Rosie perdit toute contenance.

— Que voulez-vous insinuer ?

Elle se tourna vivement vers sa fille.

— Alice, tu m'as bien dit que la voiture de Peter était tombée en panne d'essence et que rien ne s'était passé entre vous, n'est-ce pas ?

— Mais, maman, quelle importance ? Nous sommes amoureux. D'ailleurs, nous avons l'intention de nous marier dès que Peter aura trouvé un emploi...

Rosie se leva de son siège et pointa un doigt furibond en direction de sa fille.

— Tu vas rentrer à la maison immédiatement ! Quant à vous, monsieur le maire, je vous attends dès ce soir chez moi pour discuter de la situation !

Sam porta les lèvres à l'oreille d'Anna.

— As-tu l'intention de semer la zizanie dans tout le village ? Ou bien vas-tu enfin te rendre à la raison ?

— Je ne suis pas responsable de leurs intrigues. Et puis, je n'ai rien fait de mal, murmura-t-elle encore, les paupières inondées de larmes.

— Ce n'est que partie remise, Anna.

Il était grand temps de lui dévoiler la vérité.

— Sam, il y a quelque chose que tu dois savoir à tout prix...

— C'est inutile.

Elle leva sur le pasteur un regard suppliant.

— Révérend, pouvez-vous nous accorder un instant ?

— Tu as eu toute la nuit pour parler, Anna.

— Oui, je sais.

Elle reporta son attention sur l'homme qui se tenait à son côté et posa une main sur son avant-bras.

— Sam, s'il te plaît, ce ne sera pas long...

L'espace d'un instant, elle crut qu'il allait refuser. Après une brève hésitation, il adressa au pasteur un signe d'excuse et entraîna la jeune femme à l'écart.

— Je t'écoute.

— Mon père a laissé une lettre avant sa mort.

— Et alors ?

— Il l'a confiée à un notaire en le chargeant de la remettre à mon fiancé. Malheureusement, comme nous avons brûlé les étapes...

Sa tentative d'humour échappa totalement à son interlocuteur.

— Quel est le contenu de cette lettre ? demanda-t-il d'un ton impatient.

— Je ne le connais pas précisément. Mais je sais que lorsque tu le liras, tu ne voudras plus m'épouser.

— Rien de ce que ton père a pu écrire ne m'empêchera de te prendre pour femme.

Anna n'en était pas aussi sûre.

— Sam, à quoi bon se marier aujourd'hui si nous devons divorcer demain ?

— Nous ne divorcerons pas.

— Sam...

— Cela suffit, Anna! La cérémonie aura lieu, que tu le veuilles ou non!

Elle essuya du revers de la main les larmes qui inondaient ses joues.

— Tu ne pourras pas dire que je ne t'avais pas prévenu!

Il passa un doigt sous son menton et l'obligea à le regarder.

— Je sais exactement ce à quoi je m'engage aujourd'hui. Je suis sur le point d'épouser une demoiselle innocente, qui arbore une mèche violette sur sa chevelure blonde, conduit sa moto comme si le diable en personne était à ses trousses, et cache un terrible secret au plus profond de son cœur. Une demoiselle qui, il y a de cela sept ans, m'a fait chasser de l'île où j'entendais passer le reste de mes jours.

— Sam, ce malheureux souvenir se dressera toujours comme une ombre entre nous.

— Je t'ai pardonné depuis longtemps, Anna. Détends-toi, je t'en prie. Je te promets que tout ira bien.

Sur ces mots, il lui offrit galamment le bras.

— Alors, prête pour le grand pas?

Elle n'avait plus la force de protester. A quoi bon d'ailleurs? Tout le monde était contre elle. Dans quelques petites minutes, elle deviendrait la femme de Sam Beaumont. Pourquoi ne pas profiter pleinement de ce répit? Bertie avait raison lorsqu'il prétendait qu'elle en rêvait depuis sa plus tendre enfance. Silencieuse, elle glissa une main dans celle de Sam et remonta à son côté jusqu'à l'autel.

— Tout est réglé? demanda le pasteur.

— Oui, révérend, murmura-t-elle dans un souffle.

— Anna, tu acceptes ce mariage, tu en es sûre?

Elle approuva d'un signe de tête en jetant un coup

d'œil attristé à l'état misérable de sa toilette. Comme elle eût aimé faire honneur à son compagnon en pénétrant dans la chapelle dans une robe de mariée somptueuse, agrémentée de dentelle et de rubans de satin! Au lieu de cela, elle avait l'air d'une véritable souillon, le visage maculé de poussière et de larmes, la chevelure hirsute et la robe froissée!

— Et toi, Sam, tu te maries de ton plein gré, n'est-ce pas?

Il leva les deux mains au-dessus de sa tête, comme s'il se trouvait encore sous la menace des fusils.

— Tout à fait, révérend!

Cette fois, l'assemblée céda à un bruyant éclat de rire. De mémoire d'homme, on n'avait jamais vu cérémonie plus drôle sur l'île Delacorte. Quelque peu affolé, le prêtre tenta de ramener au calme ses ouailles un peu trop agitées.

— Mes biens chers frères, mes bien chères sœurs, commença-t-il d'un ton solennel, nous sommes rassemblés aujourd'hui dans cette chapelle pour unir deux de nos enfants par les liens sacrés du mariage...

L'excitation générale céda peu à peu le pas à l'émotion. L'instant tant attendu par la petite communauté était enfin arrivé. Le pasteur toussota nerveusement avant de poursuivre.

— Samuel Georges Beaumont...

Depuis quelques instants, les pensées de la jeune femme s'étaient transportées dans un lointain passé. Elle se remémorait le jour de son douzième anniversaire où, vêtu d'un habit de pirate et arborant un drapeau orné d'une effroyable tête de mort, Sam avait fait irruption dans le salon richement décoré pour l'occasion. Poussant des cris de terreur, les petites filles avaient brusquement disparu sous la table. Seule Anna avait osé lui tenir tête.

Dans un geste d'une incroyable arrogance, il avait attiré son visage contre le sien et plaqué un baiser autoritaire sur ses lèvres tremblantes.

— Un jour, tu deviendras ma femme ! avait-il décrété d'un ton qui ne supportait pas de réplique.

Machinalement, Anna porta un doigt à sa bouche. Combien de fois ce souvenir si cher à son cœur était-il venu la hanter ?

— Et toi, Anna Sarah Delacorte, acceptes-tu de prendre pour époux Samuel Georges Beaumont ?

Elle sursauta en réalisant soudain qu'une bonne partie de la cérémonie lui avait échappé.

— Je suis désolée, murmura-t-elle à l'oreille de son compagnon. J'étais en train de me remémorer mon douzième anniversaire...

Sam lui adressa un tendre sourire.

— C'est drôle, je pensais exactement à la même chose. Tu vois, Anna, je tiens toujours mes promesses !

— Anna Sarah Delacorte, répéta le pasteur, quelque peu agacé. Acceptes-tu de prendre pour époux Samuel Georges Beaumont ici présent ?

— Oui.

Un immense soupir de soulagement parcourut l'assemblée.

— Vous avez des alliances ?

— Euh... non, admit Sam. Pour être tout à fait franc, je n'envisageais pas de me marier en me levant ce matin...

— Après avoir kidnappé notre petite Anna dans ton hangar à bateau, tu aurais pourtant dû t'en douter ! lança Rolly depuis le fond de la chapelle.

Martha avança jusqu'à l'autel en s'appuyant lourdement sur sa canne.

— Anna, voici une bague que je tiens de ma mère ! Elle est à toi.

La jeune femme voulut protester mais l'expression du visage de Martha l'en dissuada.

— Merci, dit-elle simplement. Merci infiniment.

La vieille dame tendit le bijou à Sam.

— Sois bon avec elle, ou tu auras affaire à moi !

— A mes côtés, Anna sera la plus heureuse des femmes, je le jure !

Elle sourit et caressa tendrement sa joue.

— J'ai confiance en toi, Sam. Tu as toujours été un bon garçon.

Il prit la main d'Anna et glissa doucement la bague à son doigt. Soulagé d'avoir mené à bien la cérémonie, le prêtre acheva sa bénédiction. Le baiser de Sam se posa sur les lèvres de la jeune femme comme la plus tendre des promesses. A peine l'eut-il relâchée que la foule se pressa autour d'eux pour les complimenter. Leur mariage venait de sceller à jamais la réconciliation des Beaumont et des Delacorte. Une page de l'histoire de l'île était définitivement tournée.

Pansy se pressa aux côtés de sa sœur.

— Comment te sens-tu ? demanda-t-elle. Bertie a dû te paraître un peu autoritaire. Mais, d'après lui, tu désirais cette union plus que tout au monde...

— Et il avait parfaitement raison, glissa Sam en passant un bras autour de sa taille. N'est-ce pas, madame Beaumont ?

Mme Beaumont... ! Anna frissonna. Un petit groupe faisait cercle autour d'eux, attendant patiemment sa réponse. Parmi eux, certains n'avaient jamais porté Sam dans leur cœur, et auraient été trop contents de l'entendre prononcer des paroles désagréables à son égard. Aussi refusa-t-elle de leur faire ce plaisir.

— Oui, j'ai toujours voulu épouser Sam, murmura-t-elle simplement.

114

Le maire fronça les sourcils.

— Alors, pourquoi ne l'as-tu pas fait il y a sept ans ? Pourquoi nous as-tu chargés à l'époque de... tu sais...

— J'étais jeune et je ne mesurais pas très bien la portée de mes actes.

Son père avait trouvé un argument convaincant pour l'en dissuader. Un argument qui restait suspendu au-dessus de sa tête comme une épée de Damoclès.

— C'était un malentendu, s'empressa d'ajouter Sam. Aujourd'hui, plus rien ne nous sépare.

— La belle innocente et le vilain pécheur ! ironisa le shérif. Voilà qui promet pour l'avenir !

Bertie fit brusquement irruption au milieu du petit groupe.

— Je suis désolé de vous interrompre ! annonça-t-il, à bout de souffle. Aux dernières nouvelles, les vents ont tourné. L'ouragan se dirige tout droit sur nos côtes !

9.

La nouvelle se répandit comme une traînée de poudre. En quelques minutes, la chapelle se vida de presque tous ses occupants.

— Combien de temps avons-nous, Bertie ? demanda Anna, préoccupée.

— Très peu. L'œil du cyclone devrait nous atteindre avant le coucher du soleil.

— Ne soyez pas inquiets, mes enfants, glissa Martha d'une voix paisible. Un malheureux petit ouragan ne ternira pas une si belle journée !

— Le vent souffle déjà à plus de cent cinquante kilomètres à l'heure, insista Bertie. Préparez-vous à passer une soirée difficile ! La tempête a commencé à ravager la côte sud. Tous les bateaux sont rentrés au port.

La vieille dame s'éloigna d'un pas, puis elle marqua une pause et s'appuya tranquillement sur sa canne.

— Je rentre chez moi, déclara-t-elle sans s'émouvoir. Mes voisins m'aideront à fermer les volets et les portes de la villa.

— Tu ne vas pas passer la nuit toute seule ? intervint Anna. Il n'en est pas question ! Viens avec nous, tu seras plus en sécurité !

Un éclair malicieux pétilla dans les yeux de Martha.

— Je ne voudrais pas gâcher votre nuit de noces, répondit-elle dans un tendre sourire.

— Etant donné les circonstances, elle me paraît bien compromise, fit Sam d'un air sombre. Venez avec nous, c'est plus prudent !

— Inutile, mon garçon ! Pansy et Bertie m'ont déjà proposé le gîte et le couvert. Et j'ai accepté.

— Tu n'aurais pas dû, glissa la jeune femme. C'est toujours chez eux que les vents soufflent le plus fort. Tu devrais le savoir, depuis le temps...

La canne de Martha résonna bruyamment sur les dalles de pierre.

— Anna Beaumont, la propriété ancestrale des Delacorte a résisté à tous les ouragans de ce siècle. Alors, cesse de t'inquiéter et laisse ton époux te conduire dans ta nouvelle demeure !

Anna Beaumont ! Le nom sonnait si juste à ses oreilles ! Dans un élan de tendresse, elle enlaça la vieille dame et la couvrit de baisers.

— Je t'aime, murmura-t-elle. Tu as été une mère pour moi pendant toutes ces années. Je ne te remercierai jamais assez.

— Je t'aime aussi, ma chérie.

Une vive émotion perçait dans sa voix.

— Tu es ce que j'ai de plus cher au monde.

Anna essuya du revers de la main les larmes qui inondaient son visage, puis elle se tourna résolument vers son époux.

— Emmène-moi à la maison, Sam !

— Avec plaisir, chère madame !

Il réajusta avec soin le diadème de fleurs qui décorait ses boucles blondes puis, sans lui laisser le temps de prévenir son geste, il la souleva de terre et descendit à grandes enjambées l'allée centrale de la chapelle.

Dehors, une masse de nuages noirs obscurcissait l'horizon. Au-dessus d'eux, le ciel était encore d'un bleu vif et limpide.

— Excusez-moi, vous êtes monsieur Beaumont ?

Anna reconnut aussitôt la voix de l'homme qui s'adressait à Sam. Une terrible appréhension lui serra la poitrine.

— Voici le notaire de mon père, expliqua-t-elle d'un ton rempli d'angoisse.

Il la reposa avec précaution sur ses deux pieds et tendit la main au nouveau venu.

— Je suis navré d'interrompre un moment aussi précieux, s'excusa l'homme de loi. Il y a déjà de nombreuses années de cela, mon client, Joseph Delacorte, m'avait chargé de remettre ce pli au fiancé de sa fille Anna.

Tout en parlant, il lui tendit une mince enveloppe blanche.

— Je ne suis pas son fiancé, observa Sam avec nonchalance. Je suis son mari.

— Oui, monsieur. Je sais. Cependant, il est de mon devoir de vous remettre ce document.

Les sourcils froncés, le jeune homme hésitait à s'en emparer.

— Par simple curiosité, combien de bombes à retardement semblables à celle-ci détenez-vous encore dans votre coffre-fort ?

— Je vous demande pardon ?

Sam désigna l'enveloppe d'un geste de la main.

— Des lettres signées de la main de Joseph Delacorte. Combien en avez-vous ? Si Anna me quittait pour en épouser un autre, aurait-il droit, lui aussi, à une charmante petite missive ?

— Non, monsieur. Il n'en existe qu'une. Et elle vous est destinée.

— Je vois. En connaissez-vous le contenu ?

— Non, monsieur. Elle était scellée lorsque le père de madame me l'a confiée. Mon client a préféré conserver la plus grande discrétion.

Il lui tendit le pli pour la troisième fois.

— Maintenant, monsieur, si vous voulez bien m'excuser... Ma femme et mes enfants m'attendent. Je dois rentrer très vite pour les mettre à l'abri. Ayez la gentillesse de signer ceci...

— Bien sûr, acquiesça Sam.

Il prit le rectangle de papier et le plia en deux avant de le glisser négligemment dans sa poche. Puis il apposa sa signature sur le reçu que lui montrait le notaire.

Pendant le bref échange, Anna était restée aussi immobile qu'une statue et, incapable de prononcer un seul mot, elle avait vu toutes ses chances de bonheur disparaître dans la poche de Sam.

— Tu ne la lis pas ? s'étonna-t-elle après le départ de l'homme de loi.

— Non.

Puis, il jeta un regard soucieux en direction de la tourmente qui avançait inexorablement dans leur direction.

— Nous avons la vie entière pour nous préoccuper des lettres et des secrets de famille, déclara-t-il. L'ouragan quant à lui ne nous laissera guère de temps pour nous mettre à l'abri.

Les traits d'Anna se détendirent comme par enchantement. Pour une fois, un heureux destin semblait voler à son secours. Le déchaînement des éléments lui accordait quelques heures de répit. Ensemble, ils prirent la direction de la villa.

— Je suis désolée que notre cérémonie de mariage se soit déroulée ainsi, fit-elle en glissant timidement une main dans la sienne. Tu dois m'en vouloir...

Sam haussa les épaules.

— Je dois avouer que je n'aime pas beaucoup me donner en spectacle. Pourtant, je crois avoir gagné aujourd'hui quelques points de popularité parmi les habitants de l'île. Notre union réconcilie à jamais les Beaumont et les Delacorte. C'est un événement historique pour notre petite communauté !

Le visage de la jeune femme se rembrunit une nouvelle fois. Conscient de son malaise, Sam marqua une pause et posa les deux mains sur ses épaules.

— Anna, quel est donc ce terrible secret ? Qu'y a-t-il dans cette maudite lettre ?

— Des révélations sur moi. A la vérité, mon passé n'est pas aussi limpide que l'on veut bien le croire.

— Qu'as-tu fait de mal ?

— Absolument rien. C'est cela le plus étrange... Je ne suis coupable de rien.

— Laisse-moi deviner ! Aurais-tu rencontré un autre homme après mon départ ?

Elle secoua la tête avec véhémence.

— Non.

— Alors, que s'est-il passé ?

— Tu n'as qu'à lire la lettre si tu veux le savoir.

Sam laissa échapper un profond soupir.

— J'ai l'impression que deux tempêtes d'un genre bien différent menacent de s'abattre sur nos têtes. A mon avis, l'ouragan sera des deux maux le plus facile à vaincre.

— Par lequel veux-tu commencer ?

— Le plus urgent. Le ciel s'obscurcit de minute en minute.

Après un regard inquiet aux nuées noires qui approchaient de la côte, Anna ouvrit le battant de la porte et esquissa un pas pour pénétrer à l'intérieur de la maison.

— Pas si vite ! cria Sam.

Une fois de plus, il la souleva du sol.

— C'est une manie, ma parole ! s'exclama-t-elle dans un éclat de rire.

— Il ne faut jamais rompre avec la tradition, expliqua-t-il en franchissant le seuil. Même dans les circonstances les plus extraordinaires...

Cette démonstration inattendue de romantisme ravit la jeune femme. Mais elle eut tôt fait de revenir à la réalité.

— Maintenant, il n'y a pas une seconde à perdre, déclara Sam d'un ton ferme. Je me charge de renforcer toutes les issues. De ton côté, assure-toi que nous avons des réserves d'eau suffisantes ! N'oublie pas non plus les lampes électriques et les boîtes de conserve...

— Inutile de me dresser une liste ! S'il nous manque des provisions, je ferai un tour au supermarché.

— Et s'il te reste suffisamment de temps, fais aussi le plein des deux motos ! On ne sait jamais, nous pourrions avoir à nous enfuir précipitamment.

Il s'interrompit et la serra tout contre lui.

— Tu peux aussi quitter l'île, si tu le souhaites. Tu seras plus en sécurité sur le continent.

— Il est trop tard, Sam. Les ferries doivent être amarrés solidement au port à l'heure qu'il est. Et de toute façon, je n'ai pas envie de te quitter.

Il repoussa délicatement les mèches désordonnées qui retombaient sur son front.

— Vraiment ? Et pourquoi cela ?

— Parce que tu es mon mari.

— Tu te refuses encore à admettre la vérité, à ce que je vois.

— Quelle vérité ?

— Tu m'aimes, Anna. Mais tu es trop butée et trop fière pour me le dire simplement.

Il prit son visage entre ses mains et recouvrit ses lèvres d'un baiser impatient.

— Quand le cyclone s'apaisera, je te conduirai là-haut dans ma chambre et nous partirons ensemble pour le plus merveilleux des voyages...

Après une longue étreinte, chargée des plus beaux rêves et des plus belles promesses, les deux compagnons se quittèrent à regret pour vaquer chacun à ses occupations.

Habituée depuis sa plus tendre enfance à l'attente angoissante qui précédait l'arrivée d'un cyclone, Anna s'acquittait de sa tâche avec calme et méthode. En revanche, l'humeur de Sam s'assombrissait au fil des heures de façon inquiétante. Il travaillait en silence, avec application, mais, par moments, ses mains semblaient saisies de tremblements irrépressibles et son regard était traversé d'éclairs de panique.

Pour ne pas accroître son malaise, Anna jugea plus sage de ne pas y prêter attention. En fin d'après-midi, le jeune homme effectua une dernière sortie pour ranger les motos dans le hangar à bateau.

— Voilà ! annonça-t-il en la rejoignant dans la cuisine. Je crois que nous sommes parés. Mieux vaut ne plus sortir, maintenant !

Il était inondé de sueur et paraissait au bord de l'épuisement.

— Le repas sera prêt dans un quart d'heure environ, fit Anna dans un sourire rassurant.

— Je n'ai pas très faim. Je vais d'abord prendre une douche, cela me fera le plus grand bien.

Il la rejoignit peu après, vêtu d'un jean et d'une chemise propres. Ses cheveux soigneusement coiffés avaient

122

redonné à son visage un aspect plus serein. Une pluie torrentielle battait contre les carreaux et le hurlement incessant et sinistre du vent ne cessait de s'amplifier. Ils mangèrent sans mot dire, sachant tous deux que la violence de la tempête augmenterait au fil des heures. Prudente, Anna avait allumé une lampe à huile au cas où l'électricité viendrait à s'éteindre pendant le repas.

— J'ai rempli la baignoire, fit Sam, comme s'il cherchait à meubler le silence angoissant qui s'était installé entre eux.

— Parfait! L'atmosphère est suffocante, nous aurons sans doute besoin de nous rafraîchir de temps à autre. De mon côté, j'ai fait des provisions de bouteilles d'eau potable. J'ai récupéré dans la remise un tas de vieux chiffons. Ils nous seront très utiles en cas de fuite ou d'inondation.

— Tu as bien fait...

La conversation tomba de nouveau.

— Je dois aller vérifier la fermeture des volets, dit soudain Sam, incapable de rester en place.

— Prends le temps de finir ton dessert, suggéra Anna avec douceur. Les volets peuvent bien attendre un moment. Je suis sûre que tu les as déjà inspectés une bonne dizaine de fois.

Sam ne l'écoutait plus. Ses pupilles, plus sombres que jamais, étaient par moments traversées d'étranges lueurs. Il quitta sa chaise et se mit à arpenter la pièce de long en large, à la manière d'un lion en cage.

— Anna, tu ne devrais pas être ici avec moi, déclarat-il soudain.

— Pourquoi? demanda-t-elle en levant sur lui un regard étonné.

— Tu n'es pas en sécurité.

Sans comprendre vraiment ce qu'il essayait de lui dire,

elle s'efforça bravement de détendre un peu l'atmosphère.

— Sam, tu es mon lion superbe et généreux. Avec toi, je n'ai rien à craindre.

Son humour le laissa de marbre.

— Tu ne comprends pas...

— Eh bien, tu n'as qu'à m'expliquer !

Pendant une longue minute, il resta désespérément muet. Elle se leva pour le rejoindre, prit ses deux mains et les plaça contre sa poitrine.

— Qu'y a-t-il, Sam ? Aurais-tu, toi aussi, un terrible secret dissimulé au fond de ton cœur ?

Il dégagea ses mains et s'éloigna doucement.

— Anna, je... c'est cet ouragan... J'ai l'impression de ne plus avoir toute ma tête...

Depuis la fin de la cérémonie, son attitude avait en effet radicalement changé. Des souvenirs d'enfance lui revinrent à la mémoire et elle fronça les sourcils.

— Tu ne souffrirais pas de ce fameux syndrome provoqué par les ouragans ?

Ses lèvres se durcirent.

— Comment le sais-tu ? C'est Martha qui te l'a dit ?

— Non. Mais c'est une réaction que nous connaissons bien ici.

Il baissa le regard, comme si le mal dont il était atteint lui faisait brusquement honte.

— Oh, Sam ! Si cela peut te rassurer, tu n'es pas le seul à éprouver ce genre de malaise. Sur l'île Delacorte, je connais plusieurs personnes pour qui chaque cyclone est une terrible épreuve à endurer. Ma sœur Pansy en fait partie.

— Je crois que c'est un phénomène lié aux basses pressions, expliqua-t-il. Je doute qu'il ait fait l'objet d'études scientifiques, mais je peux t'assurer que plus le

124

baromètre est à la baisse et plus le malaise s'accentue. Les sujets sensibles à ce mal étrange ne réagissent pas tous de la même manière. Certains deviennent totalement euphoriques. D'autres ont tendance à se montrer violents, parfois dangereux.

— Tu fais partie de cette deuxième catégorie, n'est-ce pas ?

Il prit un air accablé et répondit par l'affirmative. Puis il chercha ses mots pour tenter d'exprimer au mieux tout ce qu'il ressentait.

— Plus l'ouragan menace et plus je deviens nerveux. Je n'arrive plus à penser. Je suis incapable de mettre de l'ordre dans mes idées. Tout semble se mélanger dans mon cerveau. Je me sens agité, impatient...

— Fébrile ?

— Oui, c'est exactement cela. Je suis irritable. Je fais des choses insensées. Une fois, j'avais alors une douzaine d'années, j'ai voulu grimper sur le toit pour enlever une branche d'arbre au plus fort de la tempête. Martha a été obligée de m'attacher pour m'en empêcher.

— Mon Dieu, Sam, ce doit être épouvantable ! Je te plains sincèrement.

— Ce que je déteste le plus, c'est de ne plus maîtriser mes faits et gestes. Au plus fort de la crise, je perds totalement le contrôle de moi-même.

Il lui lança un regard implorant.

— Surtout, ne me juge pas, Anna ! Tout ce que je pourrai dire ou faire de mal sera tout à fait indépendant de ma volonté.

Elle essaya de le rassurer en décrivant sa propre manière de se comporter pendant la tourmente.

— C'est curieux, dit-elle. Sur moi, l'ouragan a l'effet inverse. Il me paralyse, me remplit d'un calme étrange et me fait tomber de sommeil.

— Tu devrais monter dans la chambre et essayer de dormir. De cette façon, tu seras à l'abri de mes accès d'humeur.

— Tu n'oserais tout de même pas t'en prendre à moi ? fit-elle d'un ton volontairement léger. On n'attaque pas sans raison une pauvre femme innocente !

— Je te l'ai dit, Anna. Au plus fort de la crise, je perds totalement le contrôle de mes actes. Ta gentillesse et ta compassion risqueraient d'empirer les choses. Je t'en prie, écoute-moi !

— Soit ! Je m'efforcerai de rester à l'écart.

Il poussa un soupir douloureux.

— Nous aurions mérité une nuit de noces un peu plus exaltante ! Je suis sincèrement désolé, Anna.

— Je ne peux rien pour toi, tu en es sûr ?

— Absolument certain !

A cet instant, une violente bourrasque coupa l'électricité. A la lueur de la lampe à huile, Anna vit les traits de Sam se tendre un peu plus.

— Je dois aller mettre en marche le générateur. Va te coucher, Anna ! Nous nous reverrons demain matin si le cyclone s'est éloigné !

A contrecœur, elle monta au premier étage. Abandonner Sam à son sort lui paraissait indigne. Aussi, lorsqu'elle l'entendit pénétrer dans la pièce voisine, elle se leva sans hésiter pour le rejoindre. Le mal dont il souffrait ne l'effrayait pas le moins du monde.

— Que fais-tu ? demanda-t-il en la voyant verrouiller la porte.

— J'ai bien réfléchi et j'ai décidé de ne pas renoncer à ma nuit de noces.

Il secoua la tête d'un air de reproche.

— Ce n'est pas une bonne idée, Anna. Comment faut-il te le dire ?

Il lui tendit une main tremblante.

— Je t'en prie, donne-moi cette clé !

La foudre s'abattit sur un arbre du jardin et un vacarme assourdissant fit vibrer les murs à l'instant où le tronc se fracassait sur le toit du hangar.

— Sois raisonnable, Anna ! Tu dois me laisser sortir d'ici !

— Pas question ! Tu as besoin de moi, Sam. Je vais t'aider à surmonter ton malaise.

— C'est pure folie, je te le répète ! Personne ne peut rien pour moi.

— Tu te trompes, Sam ! Une femme peut tout pour son mari. D'ailleurs, je t'ai réservé une surprise.

— Une surprise ? Crois-tu vraiment que le moment soit bien choisi ?

La seule façon de l'aider à vaincre son mal était de l'en distraire, songea Anna. Sans s'émouvoir, elle s'éloigna jusqu'à l'unique chaise qui meublait la pièce. Puis elle s'assit, remonta sa robe bien au-dessus des genoux et, dans un mouvement tout à la fois gracieux et provocant, croisa ostensiblement les jambes.

Un craquement sinistre se fit de nouveau entendre dans le jardin. Sam s'essuya le front du revers de la main.

— Anna, encore une fois, laisse-moi sortir de cette pièce ! Quand je suis dans cet état, je ne supporte pas l'idée d'être enfermé.

— Attends un instant ! J'ai quelque chose à te montrer.

— De quoi s'agit-il ? Dépêche-toi !

— Tu ne devineras jamais ce que j'ai fait.

— Je ne suis vraiment pas d'humeur à jouer aux devinettes, Anna. Dis-moi ce que tu as fait et ouvre cette porte !

— J'ai mis des bas...

La révélation pour le moins inattendue le laissa sans voix. Dehors la tempête faisait rage. La mer était déchaînée, le vent soufflait à près de deux cents kilomètres à l'heure, toutes les maisons de l'île étaient menacées de destruction et Anna se mettait à parler chiffons !

— Des bas ? Je ne te crois pas ! Tu as mis des bas par cette chaleur ?

Elle leva sur lui un regard plein de défi.

— Absolument ! Il faut dire que ce sont des bas un peu... spéciaux.

Une rafale de vent rabattit une branche contre la fenêtre. Cette fois, il ne parut pas l'entendre.

— Comment cela ?

— Eh bien, pour les faire tenir, il faut disposer d'accessoires un peu... disons un peu spéciaux.

Le jeune homme ouvrit de grands yeux.

— Des jarretières ?

— En dentelle, oui...

Elle tendit une jambe, remua sa cheville et contempla ses orteils.

— Il est vrai qu'avec la température ambiante, ce n'est pas une tenue idéale.

Lentement, elle retroussa sa robe pour laisser entrevoir le haut de ses bas.

— Veux-tu que je les enlève ?

Il réduisit en deux enjambées la distance qui les séparait.

— Ne touche à rien ! Je m'en charge.

Lentement, il fit glisser l'étoffe soyeuse. Comme par magie, ses mains ne tremblaient plus.

La soie glissait le long des jambes d'Anna avec la dou-

128

ceur d'une caresse. Après avoir retiré ses bas, Sam défit un à un tous les boutons de sa robe et contempla avec ravissement le spectacle qui s'offrait à ses yeux. Il semblait libéré de toutes ses angoisses.

— A ton tour, maintenant, murmura Anna d'une voix rauque.

Elle lui ôta sa chemise et, les yeux clos, goûta pour la première fois au plaisir immense de sentir sous ses doigts ses muscles fermes et puissants. Depuis son retour sur l'île, Sam avait juré de la séduire. Il l'avait taquinée, malmenée, allant jusqu'à menacer de la déshonorer. Et c'était elle aujourd'hui qui prenait l'initiative d'un acte que tous deux attendaient depuis si longtemps.

— Je t'aime, chuchota-t-elle tout contre son oreille. Je t'ai toujours aimé et je t'aimerai toujours...

Submergés par le tourbillon de leurs sens, les deux amants partirent pour le plus merveilleux des voyages et, alors que l'ouragan faisait rage au-dehors, Anna s'abandonna corps et âme à celui qui, depuis sa plus tendre enfance, peuplait chacun de ses rêves et chacune de ses pensées...

10.

Au lever du jour, la tempête s'était apaisée. Anna regarda Sam se lever et rassembler ses vêtements épars au pied du lit. Comme il se saisissait de son jean, un léger froissement l'arrêta dans son geste. Il plongea la main dans la poche du pantalon et en sortit la lettre de Joseph Delacorte. Il hésita brièvement puis, semblant soudain avoir pris une décision, il quitta la chambre d'un pas déterminé.

Craignant qu'il ne détruisît le document avant même d'en prendre connaissance, Anna le suivit au rez-de-chaussée et l'observa depuis la porte entrouverte de la cuisine. Le jeune homme tourna à plusieurs reprises le rectangle de papier blanc entre ses doigts avant de s'approcher du four pour s'emparer d'une boîte d'allumettes.

— Arrête ! s'écria-t-elle aussitôt.

Il pivota sur ses talons, surpris de découvrir sa compagne à quelques mètres de lui.

— Je... je m'apprêtais à la brûler, confessa-t-il sans détour.

— Je sais.

Elle se glissa à l'intérieur de la pièce.

— Je t'en supplie, n'en fais rien !

— Tu ne pourras pas m'en empêcher. Tu as peur que le message de ton père ne détruise notre mariage. Pourtant, après la nuit que nous venons de partager, rien ni personne ne pourra jamais compromettre notre union. Si tu as quelque chose d'important à me dire, fais-le toi-même, Anna. Je suis prêt à t'écouter. Pour le reste, je me moque éperdument des prétendues révélations de ton père.

Le menton de la jeune femme se mit à trembler sous l'effet d'une vive émotion.

— Il ne voulait pas nous faire de mal, je te le jure. A la fin de sa vie, il n'était plus le même. La maladie l'avait transformé. Tu dois me croire. Jamais, avant son malaise cardiaque, il n'aurait...

— Laisse-moi la brûler, Anna.

Elle secoua la tête.

— Ce sont ses derniers mots. Nous n'avons pas le droit de les détruire avant de les lire.

— Même si cela doit nous faire souffrir?

Elle se porta à sa hauteur et lui retira doucement la boîte d'allumettes de la main.

— Oui, même si cela doit nous faire souffrir, répéta-t-elle dans un souffle.

Sam la regarda intensément.

— Tu en es bien sûre?

— J'en suis certaine, Sam.

Pour elle, le mariage n'admettait ni secrets ni mensonges.

— Ouvre-la, Sam!

Il décolla avec soin le rabat de l'enveloppe et en sortit la lettre. Après l'avoir rapidement parcourue, il la lui tendit.

— Lis-la à voix haute, Anna!

Elle s'en empara dans un geste hésitant et commença lentement sa lecture.

— « Cher Sam »...

Ses yeux étaient inondés de larmes.

— C'est incroyable, c'est à toi qu'elle est adressée.

— Il devait savoir que jamais nous ne renoncerions à cette union.

Elle baissa les paupières mais rien ne pouvait arrêter le flot irrépressible qui lui brouillait la vue.

— Je n'arrive pas à lire, murmura-t-elle avec difficulté. Fais-le, je t'en prie !

Sam lui retira la lettre des doigts avec une infinie douceur.

— Allons nous asseoir, suggéra-t-il en la conduisant près de la table.

Elle s'installa sur ses genoux et appuya la tête contre son épaule. Avec application, Sam déchiffra l'écriture tourmentée du vieil homme.

— « Cher Sam, je suppose que c'est toi qui recevras cette lettre. Tout d'abord, je voudrais te présenter mes excuses. Jamais je n'aurais dû m'immiscer dans ta relation avec Anna. Je regrette le chagrin que je vous ai causé à tous deux. A l'époque, je croyais agir pour votre bien. Elle était trop jeune. Votre différence d'âge était trop importante. Et puis, j'étais en train de mourir. Egoïstement, je ne voulais pas la perdre en la laissant partir à New York avec toi. Je voulais la garder auprès de moi. Le sort en a décidé autrement. Elle n'a pas quitté l'île, mais je l'ai tout de même perdue... »

Anna avait le cœur gros.

— Si j'avais connu la gravité de sa maladie, je serais restée auprès de lui. Continue, Sam...

— « Elle était sur le point de s'enfuir avec toi. Ses bagages étaient prêts. Incapable de la raisonner, je me suis résolu à lui avouer la vérité au sujet de sa mère en la menaçant de tout révéler au grand jour si elle s'entêtait à vouloir te suivre. Elle a finalement accepté de rester sur l'île mais elle a choisi de s'installer chez Martha. J'espère qu'un jour vous me pardonnerez et je vous souhaite tout le bonheur que vous méritez. Joe Delacorte. »

132

— C'est tout? s'étonna Anna, incrédule. Il n'en dit pas plus?

— Pas un mot de plus.

Il déposa un tendre baiser sur sa nuque.

— Tu m'avais promis le divorce, rappela-t-il d'un air gentiment moqueur. Je suis désolé de te décevoir, mais je ne vois dans ces terribles révélations aucune raison de mettre un terme à notre union.

— C'est que... tu ignores encore l'essentiel, murmura-t-elle tristement.

Il reposa doucement la lettre sur la table.

— Je sais tout ce que j'ai à savoir, Anna. Cesse de te torturer inutilement! Ce que ton père t'a appris au sujet de ta mère appartient au passé. Tout ce qui m'importe aujourd'hui, c'est l'avenir. Notre avenir...

— Tu en es vraiment sûr?

— Comment peux-tu en douter après la nuit que...

— Sam? Anna?

La voix de Bertie les interrompit brutalement. Son appel était pressant et angoissé. Ils se levèrent dans un même mouvement.

— Venez vite! cria-t-il encore. On vous attend au village!

En une fraction de seconde, les deux compagnons se retrouvèrent dans le hall. Sam mit alors de précieuses minutes à arracher les planches qu'il avait solidement clouées dans la porte la veille au soir en prévision de la tempête. Quand enfin l'entrée fut dégagée, ils trouvèrent Bertie adossé au portail, visiblement à bout de souffle.

— Que s'est-il passé? demanda Anna. Pansy a-t-elle accouché?

— Non, c'est Martha. Je suis venu aussi vite que j'ai pu. Il y a tellement de troncs d'arbres au travers du chemin que j'ai dû laisser ma voiture à plus d'un kilomètre d'ici.

— Martha? Mais qu'y a-t-il exactement?

— Elle s'est aventurée sur la terrasse en plein milieu de la nuit pour refermer un volet. Je ne l'ai pas entendue sortir de la maison. Quand enfin nous nous sommes aperçus de son absence...

— Vas-tu nous dire enfin ce qui lui est arrivé? coupa Anna dans un cri éperdu d'anxiété.

Sam tenta de la prendre dans ses bras, mais elle se débattit furieusement.

— Où est-elle?

— Elle est blessée, Anna. Elle a reçu un coup violent sur la tête et...

— Non, c'est impossible, elle ne peut pas mourir...

— Calme-toi, murmura doucement Sam. Je suis certain que tout va bien se passer.

— Tu ne peux pas comprendre! reprit-elle de plus belle. Il faut absolument que j'aille à son chevet.

Il lui saisit le bras avec fermeté.

— Tu n'iras nulle part dans cet état! Martha a besoin de soins et surtout de calme.

— Les médecins font de leur mieux, intervint Bertie. Pansy a insisté pour que je vienne vous avertir, mais, très franchement, nous ne pouvons pas grand-chose pour elle en ce moment...

— Ma présence lui procurera un grand réconfort, insita la jeune femme.

— Anna...

— Tu ne peux pas comprendre, répéta-t-elle sans l'entendre. Je dois aller la voir. Il le faut absolument!

Il la maintenait avec force contre lui.

— Pourquoi, Anna? Pourquoi est-ce si important?

— Parce que Martha est ma mère! Voilà pourquoi!

Elle éclata en sanglots.

— C'était cela, mon secret, celui que tu n'aurais jamais

134

dû connaître. Martha est ma mère. Comprends-tu ce que cela signifie ? Je ne suis pas une Delacorte. Je ne l'ai jamais été !

La compréhension se dessina peu à peu sur les traits exténués de Sam.

— Je vais ouvrir le hangar. Avec les motos, nous parviendrons très vite au village, balbutia-t-il.

Elle se précipita à sa suite.

— Dépêche-toi, je t'en prie ! Il n'y a pas une minute à perdre !

— Nous monterons ensemble sur ma moto, lança-t-il par-dessus son épaule. Bertie pourra prendre l'autre.

Puis, se tournant en direction du jeune homme :

— Tu sais conduire un deux-roues, j'espère ?

Apparemment, les révélations de sa belle-sœur l'avaient bouleversé. La question de Sam parut le tirer d'un abîme de réflexion.

— Oui... je... Ne vous inquiétez pas...

A peine le maître des lieux eut-il ouvert le hangar que déjà Anna se précipitait à l'intérieur. Le toit avait subi quelques dommages, mais rien d'autre ne semblait abîmé. Sans perdre une seconde, Anna enfourcha sa moto et fit vrombir le moteur. Sam lui barra le chemin avec autorité.

— Pas si vite ! s'exclama-t-il d'un ton sans réplique. C'est moi qui conduis. Je te promets d'aller aussi vite que possible. Laisse la Harley à Bertie, nous prendrons la plus grosse !

Comprenant qu'il serait inutile de le contredire, et trop pressée pour se lancer dans de vaines palabres, la jeune femme s'exécuta docilement. Dès qu'elle se fut installée derrière Sam, celui-ci démarra sur les chapeaux de roues.

Comme Bertie l'avait expliqué à son arrivée, la chaussée était jonchée de troncs d'arbres. Malgré toute l'habileté des deux conducteurs, le trajet dura près d'une heure. Chaque fois que les deux véhicules parvenaient à gagner un peu de vitesse, un nouvel obstacle barrait la route, les obligeant à ralentir pour emprunter des voies secondaires. La pluie avait creusé de profondes ornières et, à plusieurs reprises, ils furent contraints de mettre pied à terre pour retirer leurs engins de la boue.

Enfin, ils atteignirent la vieille demeure de la famille Delacorte. Une ambulance stationnait devant la maison. Anna se précipita en direction des infirmiers qui bavardaient sur le seuil de la porte. Préférant ne pas imposer sa présence, Sam la laissa se rendre seule au chevet de Martha.

Quelques secondes plus tard, la Harley arrivait à sa hauteur. Bertie coupa le moteur. Pendant un long moment, les deux hommes gardèrent le silence. Puis Sam se décida enfin à parler.

— Tu garderas pour toi les révélations d'Anna, n'est-ce pas ?

— Je ne suis pas fou, Beaumont. Je sais très bien me taire lorsque cela est nécessaire.

— Je sais, fit Sam d'un ton énigmatique. Je le sais même trop bien.

La mâchoire de Bertie se crispa imperceptiblement.

— Que veux-tu dire ?

— Te souviens-tu du soir de mon départ ? Moi, je n'ai rien oublié des coups que tu m'as si lâchement assenés.

La couleur disparut du visage de son interlocuteur.

— Comment as-tu deviné ? demanda-t-il sans chercher à nier sa culpabilité. Comment as-tu deviné que c'était moi ?

— Je m'en doutais depuis quelque temps. J'en ai eu la certitude le jour où tu nous as enfermés dans le hangar à bateau.

Cette fois encore, Bertie ne chercha pas à réfuter l'accusation de Sam.

— Comment m'as-tu reconnu? demanda-t-il encore.

— Lorsque je suis sorti du hangar, une poignée d'hommes m'a encerclé. Certains ont essayé de me frapper. La manière dont tu les as rabroués m'a immédiatement mis la puce à l'oreille. Ton direct du droit est reconnaissable entre tous.

Le jeune homme se racla la gorge avec embarras.

— Je te dois de sérieuses excuses pour ce... pour cet incident...

— Cela ne fait aucun doute. Tu as cru aux bêtises que racontait Joe, n'est-ce pas?

— Oui. C'était parfaitement idiot de ma part, mais je suis d'un tempérament jaloux et emporté. Je n'ai pas beaucoup réfléchi. La seule idée que tu aies délaissé Anna pour les beaux yeux de Pansy...

— C'était parfaitement stupide. As-tu rapporté fidèlement à ta femme la manière dont tu m'avais attaqué sur le ferry?

— Non, enfin pas tout de suite. Je le lui ai dit lorsqu'elle était enceinte de notre fils aîné.

Tandis que les morceaux du puzzle se rassemblaient peu à peu dans son esprit, Sam laissa échapper un éclat de rire.

— J'imagine qu'elle n'a pas dû beaucoup apprécier d'apprendre la manière dont tu avais agi.

Bertie soupira d'un air morose.

— Elle a pleuré pendant six mois. Elle était obsédée par l'idée que tu reviendrais pour te venger, convaincue que tu porterais plainte et que je finirais derrière les barreaux. J'avais beau lui répéter que tu étais plutôt du genre à régler tes affaires tout seul, elle refusait de m'écouter.

Sam ne le corrigea pas sur ce point. Pourtant, son union avec Anna l'obligeait à une certaine retenue. Il doutait en effet que sa jeune épouse acceptât sans mot dire de le voir s'en prendre à son beau-frère. En d'autres termes, il avait les mains liées et l'heure n'était plus aux règlements de comptes.

— Si je ne m'abuse, c'est toi aussi qui nous as enfermés à plusieurs reprises dans le but de nous compromettre ?

— Oui. Je te présente mes excuses pour cela également. Vois-tu, les occasions étaient bien trop belles...

Puis, il haussa les épaules dans un geste maladroit.

— J'ai commis une erreur en emprisonnant la New-Yorkaise dans la villa avec toi. Quand je pense que c'est Anna qui vous a délivrés...

— Décidément, tu es au courant de tout ! Tu pensais vraiment nous contraindre au mariage en agissant de la sorte ?

— Le mois dernier, j'ai lu un article dans un journal texan qu'un touriste avait oublié chez nous. Il était question d'un gamin de Dallas qui avait imaginé un complot contre sa mère pour l'obliger à se marier.

Il secoua la tête d'un air amusé.

— Un garçon brillant et malicieux, tu vois ce que je veux dire ?

— Je vois.

— J'ai pensé qu'ici, sur notre petite île où chacun est si curieux des faits et gestes de son voisin, une telle histoire marquerait les esprits. Surtout que l'avenir d'Anna était en question. Notre maîtresse d'école bénéficie d'un statut tout particulier dans notre communauté...

— Je vois, répéta Sam sans autre commentaire.

Jugeant alors qu'il avait suffisamment parlé de lui-même, Bertie aborda un autre sujet.

— Je suis très intrigué par les révélations d'Anna. Et j'ai du mal à croire que Martha puisse véritablement être sa mère.

Sam porta son attention sur le petit groupe qui allait et venait devant la maison. Brièvement, il aperçut la silhouette

138

d'Anna, mais elle disparut presque aussitôt à l'intérieur de la villa.

— C'est très étonnant, en effet, approuva-t-il d'un air songeur.

— Tu crois que Joe et elle...

— Non. Martha n'aurait jamais eu une aventure avec un homme marié.

— Oui, bien sûr, tu as raison. D'ailleurs, je n'arrive pas à l'imaginer avec un amant. Je l'ai toujours connue dans son rôle de tante attentionnée et...

Il s'interrompit brusquement.

— Sam, je crois que l'infirmier te fait signe !

— C'est plutôt à toi que s'adresse son appel...

Soudain pris de panique, Bertie sauta de sa moto.

— C'est Pansy, j'en suis sûr, elle doit avoir des contractions !

Resté seul, Sam réfléchit un instant puis, songeant que leur tête-à-tête s'était suffisamment prolongé, il décida de rejoindre les deux femmes. Il les trouva assises l'une près de l'autre, Martha serrant tendrement les deux mains d'Anna entre les siennes. Elle portait un bandage impressionnant autour de la tête, mais semblait avoir recouvré toutes ses forces.

Il se pencha pour déposer un baiser sur son front.

— Eh bien, que vous est-il arrivé ? demanda-t-il en s'agenouillant devant elle.

Elle afficha un air de petite fille prise en faute.

— Ce n'est rien, juste une petite bosse. Mais à en croire ce remue-ménage autour de moi, on dirait bien que je suis à l'article de la mort.

— Bertie était très inquiet à votre sujet.

— Ce garçon est un peu trop émotif. Je dois avouer pourtant que tout cela est ma faute. A mon âge, je devrais savoir qu'il est dangereux de s'aventurer à l'extérieur au plus fort de la tempête.

— C'est vrai. Pourtant, il nous arrive à tous de commettre des actes irréfléchis.

Puis, il se tourna vers la jeune femme.

— Ou d'affirmer des choses insensées, ajouta-t-il d'un ton chargé de sous-entendus. Dis-lui, Anna! Dis-lui ce que tu nous as révélé tout à l'heure!

— Ce n'est rien d'important, s'empressa-t-elle de répondre. Nous n'allons pas ennuyer Martha avec ces histoires. Le moment est mal choisi.

Il laissa échapper un soupir d'impatience.

— Rien d'important? Tu as déclaré être une Beaumont, et non une Delacorte.

— Sam!

Un vif étonnement se peignit sur les traits de la vieille dame.

— Ai-je bien entendu?

— Sam, tais-toi, je t'en supplie, insista Anna.

— Elle sait que vous êtes sa mère, poursuivit-il imperturbablement.

Le regard affolé de Martha passa de Sam à Anna puis elle s'empara de sa canne et la frappa violemment sur le sol.

— Comment l'avez-vous su? Joe n'aurait jamais...

— Il ne s'est pas contenté de le dire à Anna. Il l'a aussi menacée de le révéler au grand jour si elle acceptait de s'enfuir avec moi.

— Je l'ignorais, murmura-t-elle en portant une main tremblante à sa bouche.

Elle se tourna lentement vers sa protégée.

— Lorsque Victoria et lui ont accepté de te prendre avec eux, ils m'avaient juré d'en garder le secret.

Avec d'infinies précautions, Anna passa un bras autour de son épaule.

— Pourquoi ne m'as-tu jamais rien dit? Avais-tu honte de moi?

140

— Non! J'aurais été la plus heureuse et la plus fière des femmes de déclarer publiquement que j'étais ta mère. Combien de fois ai-je dû me retenir pour ne pas aller le crier sur tous les toits...

— Pourquoi n'en as-tu rien fait?

Des larmes inondèrent les yeux de Martha.

— Joe ne t'a donc rien expliqué?

Anna secoua lentement la tête.

— Il m'a simplement dit que j'étais une Beaumont et que toute l'île l'apprendrait si je commettais la bêtise d'épouser Sam.

— Alors, tu as renoncé à t'enfuir et tu es venue te réfugier auprès de moi...

— Tu es ma mère, murmura-t-elle. Je voulais vivre à tes côtés.

— Comment as-tu réagi à une nouvelle aussi inattendue? Tu as été élevée par les Delacorte, dans la haine de la famille Beaumont...

— Je suis une Beaumont, affirma fièrement Anna. Il n'y a pas de honte à cela. Je suis née Beaumont et je le suis aussi par les liens du mariage.

— C'est vrai, approuva Martha. Mais tu es aussi une Delacorte.

La jeune femme déglutit avec peine. Allait-elle enfin connaître toute la vérité sur ses origines?

— Joe? demanda-t-elle aussitôt.

— Non, ma chérie. Jamais je n'aurais accepté d'avoir une aventure avec un homme marié. Ton père est William, le frère de Joe. Notre histoire ressemble à s'y méprendre à la vôtre. Une Beaumont tombant amoureuse d'un Delacorte. Nos deux familles n'auraient pas approuvé notre union. Mais comme nous n'avions plus vingt ans ni l'un ni l'autre...

Un sourire éclaira ses traits et elle parut se perdre un instant dans ses souvenirs.

— A la différence de ce qui vous est arrivé à tous les deux, nous nous sommes enfuis pour de bon. La bague que je t'ai donnée le jour de ton mariage est celle que Will projetait de m'offrir. Le sort en a décidé autrement et c'est tout ce qu'il me reste de lui.

— J'en prendrai grand soin, déclara Anna en faisant glisser l'anneau autour de son doigt.

Conscient des émotions intenses que suscitait en elle la découverte de tous ces secrets, Sam la serra tout contre son cœur. Puis il reporta son attention sur la vieille dame et tenta de l'aider à poursuivre son récit.

— C'est en fuyant l'île Delacorte que vous avez été victime de cet accident de voiture, n'est-ce pas ? demanda-t-il doucement.

Martha eut un signe de tête affirmatif.

— L'accident a causé la mort de William et a failli me priver de l'usage de mes jambes. Je me suis réveillée à l'hopital, enceinte, presque infirme, et privée de l'homme que j'aimais.

Ella baissa les paupières tandis que le souvenir douloureux affleurait à sa mémoire.

— Les médecins me croyaient perdue et, très sincèrement, plus rien ne me retenait à la vie. Sauf bien sûr ce petit être qui...

Sa voix se brisa.

— C'était moi, murmura Anna dans un souffle.

— Oui, c'était toi, ma chérie.

Martha mit quelques secondes à recouvrer son calme.

— A l'époque, Joe était garde-côte, tout près de l'hopital où le destin m'avait conduite. Il est venu me rendre visite avec Victoria. Comme ils ignoraient tout de ma relation avec William, ils étaient intrigués par cet accident. J'ai fini par tout leur expliquer. Lorsqu'ils ont appris que j'étais enceinte, ils ont généreusement proposé de me venir en aide.

— En m'adoptant ?

— Oui. Ils désespéraient de pouvoir un jour mettre au monde un enfant. Alors, ils ont décidé de prétendre que tu étais leur fille. Comme ils n'habitaient pas sur l'île à l'époque, personne ne s'apercevrait du subterfuge.

Un pli amer étira ses lèvres.

— Ils étaient intimement persuadés d'avoir trouvé la solution idéale. Ma réputation était sauve, l'enfant de William porterait le nom des Delacorte, et personne n'apprendrait jamais qu'un sang indigne coulait dans ses veines.

— Pourquoi avez-vous accepté ? demanda Sam.

— Mon chirurgien affirmait que je ne retrouverais jamais l'usage de mes jambes. Il me condamnait sans appel au fauteuil roulant pour le reste de mes jours. Et puis, j'étais institutrice. Si la nouvelle de ma grossesse s'était répandue, j'aurais perdu mon poste sans l'ombre d'un doute.

— Tu le crois vraiment ?

— Il y a vingt-cinq ans, les mères célibataires étaient encore montrées du doigt. Oh, j'imagine qu'ils auraient trouvé un prétexte pour me renvoyer. Le résultat aurait été le même. Sans moyens de subsistance, comment espérer élever un enfant ?

Elle posa le menton sur le dos de la main avec laquelle elle retenait sa canne.

— Pour être honnête, je pourrais encore imaginer bien des excuses. En réalité, c'est la peur qui a dicté ma décision. La peur de détruire ma réputation. La peur de compromettre aussi la tienne, ma chérie.

Anna esquissa un pâle sourire.

— Décidément, tout le monde s'applique à sauver ma réputation, et cela depuis ma plus tendre enfance !

— Joe et Victoria n'ont pas fait exception à la règle.

Martha glissa une main dans celle de sa fille.

— Ton père a commis une terrible erreur en t'empêchant d'épouser Sam. Mais il t'aimait, Anna, du plus profond de son cœur. Jamais il ne t'a traitée différemment de ses autres enfants. Ce que tu as appris aujourd'hui t'aidera peut-être à comprendre pourquoi il s'est appliqué avec autant de zèle à te tenir éloignée de la famille Beaumont.

— Et Pansy et Trish ? Ont-elles été...

— ... adoptées ? Non. Quelques mois après t'avoir prise sous sa protection, Victoria est tombée enceinte. Ces choses là arrivent assez fréquemment.

Exténuée, la vieille dame s'affaissa sur son fauteuil. Elle venait d'alléger son cœur du poids terrible de ses souvenirs.

— Eh bien, qu'allons-nous faire maintenant ? demanda Sam en interrogeant du regard les deux femmes. Allons-nous garder ce secret entre nous ou en informer notre entourage ?

Martha releva le menton avec arrogance.

— Je serais fière d'avouer au grand jour qu'Anna est ma fille, à moins que cela ne la gêne ou ne lui fasse honte...

— J'en serais ravie, au contraire, s'empressa d'affirmer la jeune femme. Je n'ai rien dit à personne jusqu'à ce jour parce que j'estimais que ce n'était pas à moi de le faire. Je pensais que tu avais de bonnes raisons pour taire la vérité. Pendant que tu t'appliquais à préserver ma réputation, je protégeais la tienne.

Un sourire se dessina sur le visage de Martha, semblable à un arc-en-ciel après la pluie.

— Nous avons été aussi idiotes l'une que l'autre ! s'exclama-t-elle dans un éclat de rire.

— Telle mère, telle fille ! répondit Anna en essuyant les larmes qui roulaient sur ses joues.

— Alors, tout est pour le mieux dans le meilleur des

mondes ! glissa doucement Sam que l'issue heureuse de cette longue histoire remplissait de joie. En vingt-quatre heures à peine, j'ai gagné une femme merveilleuse et une adorable belle-mère. Je suis un homme comblé !

A cet instant, Bertie fit irruption dans la pièce. Il était dans tous ses états.

— Pansy est sur le point d'accoucher. Surtout, ne vous affolez pas ! Il y a ici suffisamment de personnel compétent. Gardez votre calme, je vous en prie ! Tout se passera bien !

Son attitude était franchement comique. Totalement paniqué par la situation, il luttait de toutes ses forces pour parvenir à garder son sang-froid.

— Ne t'inquiète pas ! glissa Martha d'une voix rassurante. Son premier accouchement s'est très bien passé. Il n'y a aucune raison pour que les choses en aillent autrement aujourd'hui.

Elle ne sut jamais si Bertie l'avait entendue. Incapable de rester en place, il avait disparu de la pièce sans lui laisser le temps d'achever sa phrase. Anna fit un pas en direction du couloir pour tenter de le rattraper, mais Sam lui barra le chemin.

— Reste avec nous ! fit-il en l'emprisonnant dans ses bras. Il y a au moins trois médecins au chevet de Pansy. Mieux vaut les laisser travailler en paix ! Et puis j'ai encore une ou deux questions à te poser.

— Des questions ? Mais tu sais tout, maintenant. Je n'ai plus rien à t'apprendre.

— Si tu n'avais pas cherché à protéger la réputation de Martha, aurais-tu choisi de me suivre pour m'épouser, il y a sept ans ?

Elle détourna brièvement le regard.

— Eh bien... avant toute chose, je t'aurais dévoilé toute la vérité sur mes origines. Après tout, la teneur de ces révélations avait de quoi te dissuader de ce projet de mariage...

Sam fronça les sourcils sans comprendre.

— Tu pensais que je risquais de changer d'avis?

— Je le craignais en tous cas. Je suis une enfant illégitime. Comme ta propre mère...

Il jura entre ses dents.

— Comment as-tu pu imaginer un seul instant que cela m'empêcherait de te prendre pour femme?

Anna déglutit avec peine. Ce qu'elle avait encore sur le cœur n'était pas facile à exprimer.

— Tu m'as dit souvent que tu voulais épargner à tes enfants les souffrances que tu avais connues. Et c'est en partie pour cela que notre relation n'a jamais dépassé le stade de la simple amitié. Tu ne voulais pas que nous mettions au monde un petit être qui aurait eu à souffrir de nos péchés. Malheureusement, étant donné les circonstances de ma naissance, je crains que tes enfants n'aient à rougir de...

— Anna, ne dis pas de bêtises! Tu n'es pas responsable de ce qui s'est passé autrefois. Un malheureux accident a obligé Martha à taire la vérité et à se séparer de toi. Tu n'as aucune honte à avoir.

— Mais tu disais que ta mère...

— Tu n'as rien de commun avec elle. Et tu n'as absolument rien à te reprocher. Je suis fier de toi et je suis certain que nos enfants le seront aussi.

— Quand les gens apprendront la vérité, ils risquent de ne plus me regarder de la même manière.

— Je me moque de l'opinion d'autrui.

Il caressa son visage et essuya ses larmes avec mille précautions.

— Anna Beaumont, je t'aime. Je t'aimais autrefois lorsque tu étais à mes yeux la fille aînée de Joseph Delacorte. Aujourd'hui j'apprends que Martha est ta mère. Rien ne pourrait me rendre plus heureux. D'ailleurs, si cela était possible, je t'en aimerais encore un peu plus. Tu es la femme la plus belle, la plus tendre et la plus généreuse que je connaisse. Je suis tombé amoureux de toi quand je portais encore des culottes courtes. Je t'aimerai encore passionnément le jour de mon centième anniversaire. Grâce à toi, je serai le plus heureux des hommes. Nos enfants et nos petits-enfants seront fiers de toi et tous leurs amis, j'en suis sûr, leur envieront le bonheur d'appartenir à la famille que nous allons fonder, toi et moi.

Le visage d'Anna rayonnait de bonheur.

— Je t'aime aussi, Sam.

Puis, une lueur malicieuse brilla dans ses yeux.

— Dommage que tu sois le descendant d'une famille de pirates! soupira-t-elle.

— Il me semble que tu n'as rien à m'envier de ce côté-là...

Une pensée soudaine traversa son esprit.

— Ce sont les révélations de ton père qui t'ont poussée à vendre la terre Delacorte que ta grand-mère t'avait laissée en héritage?

Elle approuva d'un signe de tête.

— Mon père ne m'a dévoilé qu'une partie de la vérité. Jusqu'à aujourd'hui, j'ignorais que du sang Delacorte coulait aussi dans mes veines. Je trouvais indécent de conserver la propriété d'une famille à laquelle je n'appartenais pas.

— Ton physique aurait pourtant dû te mettre sur la voie. Tu as tant de points communs avec tes sœurs! La taille, la forme des yeux, le teint...

— Oui, mais il y a en moi quelque chose d'indomptable, que seuls mes ancêtres pirates ont été en mesure de me transmettre.

— Ah oui? Et de quoi s'agit-il?

— De la fierté et de l'entêtement des Beaumont. Un orgueil démesuré qui, pendant des années, m'a empêchée de reconnaître mon vrai visage.

147

Sam esquissa une moue sceptique.

— Pour être tout à fait franc, l'orgueil démesuré auquel tu fais allusion n'est pas un trait dominant de ta personnalité.

— Laisse-moi un peu de temps ! Tu verras, j'apprendrai.

— Ne te donne pas cette peine, Anna, je t'aime telle que tu es ! Et promets-moi une chose !

— Laquelle ?

— De ne jamais abîmer ton oreille avec un horrible anneau de pirate ! Je préfère mille fois les boucles fines que tu portes aujourd'hui.

Elle soupira d'un air déçu.

— M'autoriseras-tu au moins à accrocher un drapeau noir à tête de mort sur le toit de notre maison ?

— Surtout pas de drapeau noir ! Je n'ai pas envie de devenir la risée de toute la population de l'île. Le temps des flibustiers est depuis longtemps révolu.

— Et si nous donnions un bal masqué ?

Comblée de bonheur, Martha assistait avec émotion aux plaisanteries des deux jeunes gens qu'un sort capricieux avait enfin rapprochés l'un de l'autre.

Épilogue

— Eh bien, les gars ! s'exclama Rolly d'un air satisfait. Tout est bien qui finit bien et nous pouvons être fiers de notre travail !

Ben approuva avec conviction le verdict du shérif.

— Nous avons sauvé l'honneur de notre petite Anna. N'était-ce pas là notre seul objectif ?

— Certes, nous n'avons pu l'empêcher de finir dans les bras de ce Beaumont...

— Ce n'est peut-être pas si mal, glissa le maire à son tour. Après tout, elle appartient elle aussi à la lignée de ces pirates.

— Le plus étonnant, c'est que nous ne nous soyons jamais doutés de rien. Son caractère, son attitude de sauvageonne, auraient dû depuis bien longtemps nous mettre la puce à l'oreille !

— Tu as parfaitement raison, approuva le représentant de la loi. Elle a le même éclair malicieux dans le regard, le même sourire aussi.

— Et Martha ! Comment a-t-elle pu nous dissimuler un tel secret pendant tant d'années ?

— C'est à peine croyable. Moi qui l'ai toujours considérée comme la plus innocente des créatures...

— Elle aura été la première à unir le sang des Delacorte à celui des Beaumont.

— Une page de notre histoire est tournée. Aujourd'hui, les deux clans sont réconciliés.

Une idée saugrenue traversa l'esprit du shérif.

— Et si Anna avait la délicatesse de donner nos prénoms à chacun de ses enfants...

Le maire ouvrit de grands yeux.

— Aurais-tu perdu la tête ? Pourquoi ferait-elle une chose pareille ?

— En signe de reconnaissance. Après tout, n'est-ce pas grâce à nous qu'elle est aujourd'hui devenue l'épouse de Sam ?

Tout en parlant, il sortit son arme de son étui et entreprit de l'épousseter avec soin.

— Rolly Beaumont, poursuivit-il. Cela sonne plutôt bien, vous ne trouvez pas ?

— Espérons simplement qu'ils ne mettent pas au monde une ribambelle d'enfants ! Car s'ils héritent tous de la personnalité de leurs parents, nous aurons du pain sur la planche !

— Je n'avais pas pensé à cela ! soupira Ben.

— Ne vous inquiétez pas, les gars ! Tant que nous serons vivants, l'île Delacorte restera le paradis que nous connaissons !

Puis, il se leva solennellement de son siège.

— Un pour tous ! cria-t-il.

— Et tous pour un ! répondirent en chœur les deux autres.

Le nouveau visage
de la collection Or

◆

AMOURS D'AUJOURD'HUI

Afin de mieux exprimer sa modernité et de vous séduire encore davantage, votre collection Or a changé de couverture et de nom depuis le 1er mars 1995.

Rassurez-vous, les romans, eux, ne changent pas, et vous pourrez retrouver dans la collection **Amours d'Aujourd'hui** tous vos auteurs préférés.

Comme chaque mois, en effet, vous y attendent des héros d'aujourd'hui, aux prises avec des passions fortes et des situations difficiles...

**COLLECTION
AMOURS D'AUJOURD'HUI :**
Quand l'amour guérit des blessures de la vie...

Chère lectrice,

Vous nous êtes fidèle depuis longtemps?
Vous venez de faire notre connaissance?

C'est pour votre plaisir que nous avons
imaginé un rendez-vous chaque mois
avec vos auteurs préférés, vos
AUTEURS VEDETTE dans les
collections Azur et Horizon.

Les AUTEURS VEDETTE vous
donneront rendez-vous pour de
nouveaux livres vedette.

Pour les reconnaître, cherchez
l'étoile... Elle vous guidera!

Éditions Harlequin

HARLEQUIN

LE FORUM DES LECTEURS ET LECTRICES

CHERS(ES) LECTEURS ET LECTRICES,

VOUS NOUS ETES FIDÈLES DEPUIS LONGTEMPS?

VOUS VENEZ DE FAIRE NOTRE CONNAISSANCE?

SI VOUS AVEZ DES COMMENTAIRES, DES CRITIQUES À
FORMULER, DES SUGGESTIONS À OFFRIR, N'HÉSITEZ
PAS… ÉCRIVEZ-NOUS À:

      LES ENTERPRISES HARLEQUIN LTÉE.
      498 RUE ODILE
      FABREVILLE, LAVAL, QUÉBEC.
      H7R 5X1

C'EST AVEC VOS PRÉCIEUX COMMENTAIRES QUE NOUS
ALLONS POUVOIR MIEUX VOUS SERVIR.

DE PLUS, SI VOUS DÉSIREZ RECEVOIR UNE OU
PLUSIEURS DE VOS SÉRIES HARLEQUIN PRÉFÉRÉE(S)
À VOTRE DOMICILE, NE TARDEZ PAS À CONTACTER LE
SERVICE D'ABONNEMENT; EN APPELANT AU
(514) 875-4444 (RÉGION DE MONTRÉAL) OU 1-800-667-4444
(EXTÉRIEUR DE MONTRÉAL) OU TÉLÉCOPIEUR
(514) 523-4444 OU COURRIER ELECTRONIQUE:
AQCOURRIER@ABONNEMENT.QC.CA OU EN ÉCRIVANT À:

      ABONNEMENT QUÉBEC
      525 RUE LOUIS-PASTEUR
      BOUCHERVILLE, QUÉBEC
      J4B 8E7

MERCI, À L'AVANCE, DE VOTRE COOPÉRATION.

BONNE LECTURE.

HARLEQUIN.

VOTRE PASSEPORT POUR LE MONDE DE L'AMOUR.

ROUGE PASSION

De fiévreuses histoires d'amour sensuelles!

De provocantes histoires d'amour passionnées et romantiques qu'on lit d'une seule traite. Aventureuses, parfois humoristiques, et sensuelles, elles mettent en vedette des hommes et des femmes d'aujourd'hui.

ROUGE PASSION... quatre nouveaux titres chaque mois.

La COLLECTION AZUR

Offre une lecture rapide et

- ☑ stimulante
- ☑ poignante
- ☑ exotique
- ☑ contemporaine
- ☑ romantique
- ☑ passionnée
- ☑ sensationnelle!

COLLECTION AZUR... des histoires
d'amour traditionnelles qui vous
mènent au bout du monde!
Six nouveaux titres chaque mois.

GEN-AZ

HARLEQUIN

Lisez Rouge Passion pour rencontrer L'HOMME DU MOIS!

Chaque mois, à compter d'août, vous rencontrerez un homme **très sexy** dans la série Rouge Passion.

On peut distinguer les livres L'HOMME DU MOIS parce qu'il y a un très bel homme sur la couverture! Et dedans, vous trouverez des histoires écrites selon le point de vue de l'homme et de la femme.

Les livres L'HOMME DU MOIS sont écrits par les plus célèbres auteurs de Harlequin!

Laissez-vous tenter avec L'HOMME DU MOIS par une histoire d'amour sensuelle et provocante. Une histoire chaque mois disponible en août là où les romans Harlequin sont en vente!

RP-HOM

Composé sur le serveur d'EURONUMÉRIQUE, à MONTROUGE
PAR LES ÉDITIONS HARLEQUIN
Achevé d'imprimer en décembre 1999
sur les presses de l'Imprimerie Bussière
à Saint-Amand-Montrond (Cher)
Dépôt légal : janvier 2000
N° d'imprimeur : 2643 — N° d'éditeur : 8001

Imprimé en France